W0379142

DIESES BUCH GEHÖRT:

Johanna

Die drei !!!

Die drei !!!

Gefährliches Spiel

Kirsten Vogel

KOSMOS

Umschlagillustration von Ina Biber, Gilching
Umschlaggestaltung von Sabine Reddig

Weitere Bände dieser Reihe siehe S. 160

MIX
Papier aus verantwortungsvollen Quellen
FSC® C083411
FSC www.fsc.org

Gedruckt auf chlorfrei gebleichtem Papier

ISBN 978-3-440-16953-7
Redaktion: Franziska Latoska
Produktion: Lena Geiger
Druck und Bindung: CPI books GmbH, Leck
Printed in Germany / Imprimé en Allemagne

Die drei !!!

Gefährliches Spiel

Hitzköpfe

Der Ball kam auf Franzi zugeflogen. Gekonnt stieß sie sich in die Höhe, fing ihn mit der rechten Hand und feuerte ihn in Richtung Tor. Und WUSCH! landete er an Kims Kopf. Kim tauchte unter. Franzi erschrak und kraulte los. Nach wenigen Zügen war sie bei ihrer Freundin angelangt, die japsend wieder auftauchte. Sie wischte Kim die nassen Haare aus dem Gesicht.
»Entschuldigung! Alles klar bei dir?«
Auch Marie kam angeschwommen und sah besorgt aus. Kim rieb sich die Augen. »Ich sag doch, ich bin bei Ballspielen jeglicher Art keine besonders helle Leuchte. Eigentlich ducke ich mich lieber weg, wenn der Ball geflogen kommt. Aber das hat eben irgendwie nicht geklappt.« Kim ruderte angestrengt mit den Armen.
»Hauptsache, du hast ihn gehalten«, versuchte Marie Kim aufzumuntern.
»Ich hab vielleicht ein bisschen zu viel Schwung gehabt«, meinte Franzi.
»Quatsch, du bist eben so eine richtige Energiekugel.« Kim kicherte.

»Wollen wir nicht lieber ein Eis essen? Oma Agnes hat uns welches gemacht«, schlug Marie vor.

Kim nickte. »Ja, Energiekugeln für alle!«

Die drei Mädchen schwammen zum Beckenrand und kletterten nacheinander die Leiter hoch.

»Und was ist mit unserem Spiel?«, krähte Kims Bruder Lukas ihnen hinterher.

»Wir spielen später weiter, okay?«, rief Franzi Ben und Lukas zu.

»Das geht nicht, da habe ich Training!«, maulte Ben.

»Morgen?«, fragte Kim leicht genervt.

»Okay! Dann mach ich dich jetzt platt, Ben!« Lukas tunkte seinen Bruder unter Wasser.

Kim funkelte ihren Bruder an. »Lukas, ich hab keine Lust, euer Kindermädchen zu spielen. Benehmt euch mal!«

Lukas rollte mit den Augen und ließ von seinem Bruder ab. Kim drehte sich um und folgte Franzi und Marie, die über die Liegewiese des Waldschwimmbades zu ihrem Handtuchlager liefen, das sie im Halbschatten von drei Pappeln aufgeschlagen hatten.

»Noch nicht mal mehr zwei Wochen, dann sind Sommerferien!« Franzi streifte das Wasser aus ihren roten Haaren und lächelte ihre beiden tropfnassen Freundinnen an.

»Wenn es weiter so heiß bleibt, haben wir vielleicht in den nächsten Tagen öfter mal hitzefrei.« Kim legte sich auf ihr Badetuch. Es war die vorletzte Woche vor den Sommerferien, da passierte in der Schule ohnehin nicht mehr viel.

Franzi nahm sich ein Handtuch und wuschelte damit über ihre

Haare. »Das wäre ja super! Dann findet ihr mich ab sofort immer genau hier.« Sie zeigte mit dem Zeigefinger auf ihr Badetuch. »Ich hab mir vorhin eine Ferienkarte fürs Schwimmbad gekauft.«

»Stellt euch mal vor – das wird so toll: Jeden Tag zusammen im Halbschatten auf der Wiese liegen, ins Wasser springen, wenn es zu heiß wird, und einfach mal nichts tun.« Kim lächelte verträumt, während Marie in ihrer Kühltasche wühlte.

»Da muss man gar nicht in den Urlaub fahren. Ich bin froh, dass wir dieses Jahr alle hierbleiben.« Marie seufzte. »Obwohl, Urlaub von Oma Agnes hätten wir alle nötig.«

Kim stützte den Kopf auf ihre Hände. »Sie wird ja wohl hoffentlich nicht ins Waldschwimmbad mitkommen! Übrigens, vielleicht schlage ich David vor, dass wir in den Ferien eine Reportage schreiben. Aber das hat ja nichts mit Schule oder Lernen zu tun.«

»Sondern nur mit reiner Freude«, führte Franzi Kims Satz fort und Marie ergänzte: »Zumindest für David.«

Franzi merkte, dass Kim gar nicht richtig hinhörte, weil sich nicht weit von ihnen entfernt Ben und Lukas stritten. »Zum Glück hat Ben das Sommercamp. Dann haben wir auch mal Pause von den beiden.« Kim seufzte. »Sie wollen immer noch unbedingt Superheldendetektive sein.«

Franzi überlegte. »Ein neuer Fall für uns wäre aber auch mal wieder was, oder?«

Franziska Winkler, Kim Jülich und Marie Grevenbroich waren nämlich nicht nur beste Freundinnen, sie waren auch

Detektivinnen, und zusammen waren sie *Die drei !!!*. Fast siebzig Fälle hatten sie bereits erfolgreich gelöst. Ihr letzter spannender Fall, bei dem Wölfe in der Nähe eines Waldkindergartens aufgetaucht waren, lag schon eine Weile zurück. Und deshalb war es klar, dass Franzi auf der Suche nach neuem Nervenkitzel war.

Kims Zwillingsbrüder eiferten ihrer großen Schwester nach und hatten den drei !!! tatsächlich schon ein paarmal geholfen. So süß Kim das auch manchmal fand, eigentlich nervte es eher.

Marie war in ihrer geblümten Kühltasche fündig geworden und drückte ihren beiden Freundinnen ein Eis in die Hand.

»Hier. Himbeer-Pfefferminz-Eis am Stock.«

»Das sieht ja cool aus. Echt schön mit dem Stock.« Franzi betrachtete die Eiskreation genauer. Auf einem Stock waren drei Kugeln aufgespießt. Das Eis sah nach Vanille aus, darin steckten Himbeerstücke und grüne Blätter.

Marie lächelte. »Die Stöcke hat Oma Agnes aus Finns Stöckelager.« Finn war Maries dreijähriger Halbbruder, der in einen Waldkindergarten ging und jeden Tag mit mehreren Stöcken nach Hause kam, die alle in einem großen Tontopf vor dem Eingang der Villa Grevenbroich gesammelt wurden. Franzi probierte das Eis. »Hmmm, das ist ganz schön hart.«

»Und so gar nicht süß. Eher sauer.« Kim, die Gummibärchen und Schokolade über alles liebte, verzog das Gesicht.

»Ist ja auch nur leicht mit Birkenzucker gesüßt«, erklärte Marie, während sie mit dem Eis in der einen Hand nun einhändig in ihrer Strandtasche wühlte.

»Birkenzucker? Was ist das denn?«, fragte Kim verwundert. Marie zuckte mit den Schultern und lutschte an ihrem Eis. »Schmeckt ganz schön quarkig.«
»Ja, stimmt, nach Kräuterquark«, stellte Franzi fest. »Oma Agnes hat bestimmt Minze mit Petersilie verwechselt. Ist es immer noch so schlimm mit ihr?«
Marie sah ihre Freundinnen an. »Schlimmer als schlimm. Nicht auszuhalten. Tessa, Lina und ich haben jetzt auch ein geheimes Süßigkeitenlager. Ich kann Opa Herbert zu hundert Prozent verstehen.« Maries Oma Agnes hatte einen Riesenstreit mit Opa Herbert angefangen, als sie sein geheimes Süßigkeitenlager in der Garage entdeckt hatte. Seitdem wohnte sie mehr in der Villa Grevenbroich als zu Hause und trieb Maries Familie mit ihrem Gesundheitstick und ihren strengen und nicht zeitgemäßen Vorstellungen von Erziehung in den Wahnsinn.
Marie drückte Franzi ihr Eis in die Hand. »Kannst du mal bitte halten?«
»Wenn ich es nicht essen muss.« Franzi sah Marie dabei zu, wie sie weiter in ihrer Strandtasche wühlte.
»Sie ist ein echter Kontrollfreak. Und dieses seltsame Essen. Selbst mein Vater hat gestern heimlich mit den Augen gerollt, als sie uns schon wieder Quinoa mit Wurzelgemüse aufgetischt hat.«
»Wahrscheinlich solltet ihr ihm verraten, wo euer Süßigkeitenlager ist.« Kim überlegte. »Oder Oma Agnes heimlich Hinweise darauf zuspielen. Vielleicht fährt sie endgültig wieder nach Hause, wenn sie es entdeckt.« Kim zwinkerte Marie zu.

»Ihr muss klargemacht werden, dass Opa Herbert ein cooler Typ ist. Damit sie sich endlich mit ihm verträgt und zurückzieht«, sagte Franzi nachdenklich.
»Stimmt. Ich weiß nur nicht, wie. Ist mit Blake eigentlich alles in Butter?«, fragte Marie.
»Ja, alles gut.« Franzi lächelte.
»Nervt es dich noch, dass er oft im Mittelpunkt steht?« Kim hielt ihr Stockeis in der Hand und beobachtete, wie es langsam zu schmelzen anfing.
»Ein bisschen.« Franzi versuchte, mit den Schneidezähnen ein Himbeerstück aus dem Eis zu knabbern.
Kim legte das Eis in eine Serviette. »Sorry, ich kann das nicht essen.«
»Schmeckt auch eher nach deftigem Mittagessen«, meinte Marie.
»Und wie läuft es mit Holger?« Franzi kaute nun auf dem Himbeerstück herum.
»Gut eigentlich.« Marie wühlte angestrengt weiter in ihrer Strandtasche.
»Eigentlich?« Franzi sah Marie fragend an.
In dem Moment hatte Marie gefunden, wonach sie gesucht hatte. »Tessa hat für jeden von uns ein Strandtuch bedruckt.« Nacheinander zupfte sie drei verschiedenfarbige Baumwolltücher aus ihrer großen Tasche und verteilte sie an ihre Freundinnen. Eins war orange, eins lila und eins grün. Maries Stiefmutter Tessa hatte auf jedes der Tücher ein schwarzes Ausrufezeichen gedruckt.

Kims Augen leuchteten. »Der Hammer – wenn man die nebeneinanderlegt, sind es drei Ausrufezeichen.«
»Wow, wann hat sie das denn noch gemacht? Sie arbeitet doch auch wieder ganz schön viel als Kamerafrau, oder?« Franzi nahm sich eines der Tücher und betrachtete es genau.
»Sie flieht vor Oma Agnes und stürzt sich in die Arbeit. Eine neue T-Shirt-Kollektion hat sie auch entworfen.« Maries Stiefmutter betrieb neben ihrer Arbeit als Kamerafrau ein kleines eigenes Modelabel, für das sie T-Shirts aus Biobaumwolle herstellte. Marie band sich das lilafarbene Tuch um den Körper. »Kann man auch als Kleid tragen.« Sie nahm ihr Eis und lutschte lustlos daran. Ein Teil war geschmolzen, brach ab und landete auf dem Tuch.
Franzi musste lachen. »Oder als Lätzchen.«
In dem Moment kamen Kims Zwillingsbrüder vorbeigelaufen, die auch ein Eis in der Hand hatten. Aber ein richtiges Eis. Mit Zucker und Sahne. Franzi wusste, was sie jetzt brauchten. »Ich hole uns auch so eins, okay?«
Kim und Marie nickten dankbar.
Marie sammelte die Stockeis ein und stand auf. »Ich entsorge sie im Müll. Aber Oma Agnes darf das nicht erfahren.« Franzi schnappte sich ihr Geld und machte sich auf den Weg zum kleinen Kiosk, der sich weiter hinten bei den Umkleiden befand. Die Schlange war lang, aber das war Franzi egal. Sie reihte sich hinten ein, atmete den Duft von Pommes und Sonnenmilch und schaute gut gelaunt auf das glitzernde Wasser, in dem ganz schön viel los war. Zwei Mädchen machten mit ein

paar Jungs eine Wasserschlacht. Franzi musste grinsen. Nachher würde sie Blake auch so richtig schön nass spritzen.
»Und, junge Dame, was darf es sein?«, wurde sie von der freundlichen Stimme des Kioskverkäufers aus ihren Gedanken gerissen.
»Ich hätte gern drei große …«
»Stopp!«, rief plötzlich eine Mädchenstimme. Franzi suchte mit dem Blick das Wasser ab.
»Drei große was?«, fragte der Kioskverkäufer, aber Franzi hatte nun entdeckt, woher der Schrei gekommen war. Ein Mädchen wurde von einem Jungen unter Wasser getunkt. Franzi sah zum Kioskverkäufer, der auf ihre Bestellung wartete, und entschied sich loszurennen. Ihren Zehneuroschein drückte sie Ben in die Hand, der ihr gerade entgegenkam. Mit einem Köpper sprang Franzi ins Schwimmerbecken und war mit wenigen Schwimmzügen bei dem Mädchen angelangt, das gerade wieder japsend auftauchte. Der Junge und sein Freund, der ein anderes Mädchen davon abhielt, seiner Freundin zu helfen, lachten. Franzi warf sich dazwischen. Es gelang ihr, den Jungen von hinten zu umklammern. Überrascht ließ er das Mädchen los.
»Lass sie in Ruhe«, zischte Franzi.
Der Junge drehte sich zu ihr um. »Bleib mal locker.«
Franzi ließ seinen Arm los und sah, dass der Bademeister am Beckenrand stand. »Was ist passiert?«
»Das war doch nur Spaß!« Der Junge wandte sich an seinen Kumpel. »Komm, wir wollten noch Eis essen.« Beide stützten sich am Beckenrand ab und sprangen aus dem Wasser.

»Alles klar?«, fragte der Bademeister.
»Alles klar«, antworteten die beiden Mädchen und Franzi im Chor.
»Gut, wenn etwas ist, kommt ihr bitte zu mir.« Der Bademeister entfernte sich wieder.
»Danke«, sagte das blonde Mädchen, dem Franzi gerade geholfen hatte.
Franzi schwamm zu den beiden, die sich am Beckenrand festhielten. »Ist wirklich alles klar?«
»Ja, danke. Ich bin Elli und das ist meine Freundin Nele. Und du?«
»Franzi. Was war denn da gerade los?«
»Ich weiß auch nicht, ich war so überrascht, als Pepe immer weitergemacht hat, dass ich mich gar nicht richtig wehren konnte.« Elli hüpfte im Wasser auf und ab und hielt ihren Kopf schräg, um Wasser aus ihrem Ohr zu bekommen.
»Milan hat mich nicht zu dir durchgelassen«, meinte Nele.
»Du hast Elli echt profimäßig gerettet. Bist du Rettungsschwimmerin oder so?«
Franzi schüttelte den Kopf und lächelte. »Ihr kennt die Jungs?« Elli nickte. »Eigentlich sind wir Freunde und spielen im selben Verein Fußball.«
»Cool, ihr spielt Fußball?« Franzi betrachtete die beiden Mädchen neugierig. Sie schätzte sie auf fünfzehn. Elli hatte Sommersprossen und ein kleines Grübchen auf der Wange. Ihre blonden, langen Haare waren zu einem dicken Zopf geflochten. Nele wirkte ebenfalls sehr sympathisch, sie hatte

braune, halblange Haare, die zu einem Pferdeschwanz gebunden waren.

Die drei Mädchen kletterten aus dem Wasser. Elli wrang ihren dicken Zopf aus. Im selben Moment kamen Ben und Lukas mit ihrem Fußball angerannt. »Hier, Franzi, deine zehn Euro.« Lukas gab Franzi den Schein zurück.

»Ach, du bist doch in der Auswahlmannschaft beim FC Südwest, stimmt's?« Elli sah Ben aufmerksam an.

»Und ihr seid in der Mädchenmannschaft, die unser Trainer vor Kurzem gegründet hat, oder?«, fragte Ben zurück. »Ihr seid echt gut.«

»Du aber auch!« Elli kickte mit dem Knie den Ball aus Bens Hand, fing ihn mit dem Fuß auf und schoss ihn direkt zu Nele. Ben und Lukas stiegen sofort darauf ein und versuchten, den Ball zurückzuerobern. Aber Nele schoss ihn zu Franzi, die ihn gekonnt annahm.

»Nicht am Beckenrand!«, rief der Bademeister, der noch in der Nähe stand.

Franzi schoss den Ball in einem hohen Bogen Richtung Wiese, auf der zwei Tore aufgestellt waren. Elli und Nele rannten wie Franzi und die Zwillinge hinter dem Ball her. Franzi lief an Kim und Marie vorbei und gab ihnen den Zehneuroschein. »Das Eis holen wir nach, Mädels.«

Schnell lief sie weiter und nahm den Ball an, den Elli ihr zupasste. Daraus entwickelte sich ein Spiel, bei dem auch ein paar andere Jugendliche spontan mitmachten. Franzi hatte richtig Spaß dabei und das Zusammenspiel mit Nele und Elli klappte

perfekt. Nele passte ihr wieder den Ball zu und Franzi stürmte damit auf das Tor, in dem Lukas stand. Sie schoss – und dieses Mal landete der Ball im Tor. Franzi klatschte sich mit Elli und Nele ab und zwinkerte Lukas zu. Kim und Marie, die von ihren Strandtüchern aufgestanden waren, jubelten.
Franzi wollte gerade wieder losrennen, da kam ein dunkelhaariger, sportlicher Mann auf sie zu und klatschte Franzi Beifall. »Bei welchem Verein spielst du?«, fragte er sie neugierig.
»Bei gar keinem.« Franzi war außer Puste.
»Hast du Lust, mal ein Probetraining beim FC Südwest zu machen? Wir suchen für unsere Mädchenmannschaft noch junge, talentierte Spielerinnen.«
Marie und Kim waren sprachlos, und auch Franzi wusste nicht, was sie sagen sollte.

Spurlos verschwunden

Franzi stellte ihren Schulrucksack an der Garderobe ab und lief in die Küche, wo ihre Mutter gerade Gurken und Tomaten zerkleinerte.

»Hallo, mein Schatz, ich hab dir Spaghetti bolo gemacht.« Frau Winkler deutete auf zwei Töpfe auf dem Herd. Sie war ein Ass in der Küche. Sie konnte backen und kochen und betrieb seit einiger Zeit ein Hofcafé, das sehr gut lief. Zu gut, denn Franzis Mutter hatte manchmal kaum noch Zeit für die Familie. Deswegen hatte sie sich entschieden, das Café nicht mehr regelmäßig, sondern nur noch für spezielle Events zu öffnen. Wenn es Spaghetti bolognese gab, war das ein Zeichen dafür, dass Frau Winkler wenig Zeit zum Kochen hatte und sicher wieder ein großes Event plante.

Franzi nahm sich ihren Teller und häufte einen großen Berg Nudeln darauf. »Ich muss viele Kohlenhydrate essen.«

Frau Winkler sah ihre Tochter überrascht an.

»Mama, stell dir vor. Jan Bachmann, der Trainer vom FC Südwest, hat mich heute im Waldschwimmbad beim Kicken be-

obachtet. Und dann hat er mich zum Probetraining eingeladen.« Auf den Nudelberg häufte Franzi eine große Kelle Bolognesesoße.
Franzis Vater kam mit zwei riesigen Wassermelonen in die Küche. »Etwa in die vor ein paar Monaten gegründete Mädchenmannschaft? Davon habe ich in der Zeitung gelesen.« Franzi musste niesen. Dabei fiel ihr beinahe der Teller aus der Hand.
»Wenn du erkältet bist, kannst du aber keinen Leistungssport machen«, sagte ihre Mutter.
»Ich fühle mich topfit. Und es ist doch nur ein Probetraining, da kicke ich den Ball ein bisschen hin und her, mehr passiert da nicht.« Franzi setzte sich. Sie drehte die Nudeln auf ihre Gabel und steckte sie in den Mund. »Schmeckt super, Mama.«
»Also, ich bin begeistert. Dann können wir wenigstens bei der Frauen-WM 2023 dabei sein. Bis dahin spielt Franzi bestimmt in der Nationalmannschaft. Und wir können früher in den Ruhestand gehen.« Herr Winkler legte eine der Wassermelonen auf den Fußboden und tat so, als wolle er dagegentreten. »Tor!«, rief er und nahm sich danach ein Messer, um die andere Melone aufzuschneiden.
Franzi sah ihre Eltern verwundert an. »Wollt ihr 'ne Gurken- und Melonenparty feiern?«
»Nein, ich mache Gazpacho für deine Lehrer.«
Ungläubig schüttelte Franzi den Kopf. »Willst du die mit kalter Gemüsesuppe bestechen? Aber mein Zeugnis wird echt ganz gut?!«
Frau Winkler lachte. »Ich hab eure Rektorin Frau Dr.

Kümmerle neulich im Tante-Emma-Laden von Frau Blume getroffen und ihr angeboten, dass sie bei der Hitze die letzte Lehrerkonferenz vor den Ferien bei uns zum Event machen kann. Es wird ein Strandnachmittag. Und es gibt kalte Speisen, Obst und Fruchteis.«

»Keinen Kuchen?« Franzi blickte ihre Mutter zwischen zwei Bissen verständnislos an.

Frau Winkler schüttelte den Kopf.

»Oh nein!«, rief Franzi. »Ich will auf keinen Fall Herrn Bode in Badehose sehen. Wann steigt das Gurkenevent denn?«

»Frau Dr. Kümmerle hat mehrere Nachmittage geblockt, da es in eurem Lehrerzimmer wohl sehr heiß ist und noch diverse Besprechungen anstehen«, erklärte Frau Winkler.

»Alles klar. Ihr findet mich dann im Waldschwimmbad oder – wer weiß? – beim FC Südwest.« Herr und Frau Winkler lachten.

Frau Winkler überlegte. »Vielleicht sind im Keller noch Stefans alte Stollenschuhe.«

Am nächsten Tag radelte Franzi nach Schulschluss zum FC Südwest. Ein langes, flaches Gebäude, das Vereinsheim, versperrte den Blick auf den Fußballplatz, der geschützt hinter großen Bäumen und einem Zaun lag. Der Verein befand sich im Südteil der Stadt und grenzte an ein Wohngebiet an. Franzi stellte ihr Fahrrad im Ständer ab und holte Zopfgummis aus der Tasche ihrer Sporthose. Während sie sich damit zwei Zöpfe machte, kam Kim angeradelt. Ihre roten Wangen und die zerzausten Haare ließen darauf schließen, dass sie sehr schnell gefahren war. »Entschuldige, meine Mutter wollte uns allen Ernstes mit Salat abspeisen, weil sie es für warmes Essen zu warm findet. Da musste ich noch Spaghetti für Ben, Lukas und mich kochen«, erklärte Kim, während sie eine Flasche Wasser aus ihrem Matchbeutel holte. »Ist ja der Wahnsinn, dass du so ein Naturtalent im Fußball bist«, sagte sie, nachdem sie die Flasche in einem Zug ausgetrunken hatte.

Vor längerer Zeit hatten die drei !!! mal im Fußballmilieu ermittelt. Kim konnte dem Hype während der damaligen Weltmeisterschaft zunächst nichts abgewinnen, hatte sich aber dann von der allgemeinen Euphorie anstecken lassen. Zumindest interessierte sie sich seitdem ein bisschen für Fußball.

Franzi war froh, dass ihre Freundinnen sie zu dem Probetraining begleiteten. Mit den beiden machte das Leben einfach mehr Spaß. »Später gebe ich euch noch das Eis aus, versprochen.« Franzi sah auf ihre Uhr und dann zur Straße. »Super, da kommt Marie schon.«

»Ach, hallo, da ist ja die Rettungsschwimmerin aus dem Waldschwimmbad!«

Franzi hatte gar nicht bemerkt, dass ein gut aussehender blonder Junge mit einer großen Sporttasche auf der Schulter direkt auf sie zukam. »Ach nee, hallo. Du bist doch der Typ aus dem Schwimmbad.«

Der Junge musterte Franzi. »Bist du zum Probetraining hier?«

»Ja, ist sie. Du kannst dich warm anziehen! Franzi vor, noch ein Tor!« Marie grinste und hüpfte von ihrem Fahrrad. Sie trug ein Jeanskleid, silberne Sandalen und eine große Sonnenbrille mit blauem Rand.

»Ach, die Mädchenmannschaft, da muss ich mich nicht warm anziehen. Da bleibe ich ganz cool.« Er zwinkerte Marie zu und verschwand dann durch den Eingang.

»Los, Franzi, hinterher! Den machst du platt!« Marie zog Franzi am Ärmel.

»Genau! Du bist viel cooler als der.« Kim strich ihre Haare glatt.

Sie gingen zusammen durch eine Tür und kamen an der Stirnseite von zwei Fußballplätzen heraus, auf denen ein paar Jugendliche trainierten. Jan Bachmann kam ihnen entgegen und lächelte. Er trug eine kurze Sporthose und ein weißes T-Shirt. Franzi schätzte ihn auf Anfang dreißig.

»Hallo, Franzi, schön, dass du da bist!«

»Hallo, Herr Bachmann!«

»Du kannst gerne Jan sagen!«

»Okay, hallo, Jan.«

»Hast du Verstärkung mitgebracht?«

»Das sind meine beiden Freundinnen Kim und Marie.«

»Könnt ihr etwa auch so gut spielen?« Bachmann reichte den beiden Mädchen die Hand.

»Nein, aber wir geben super Fans ab«, erklärte Marie und fischte das Tuch von Tessa, das zufälligerweise die Farben vom 1. FC hatte, aus ihrer Tasche.

»Die Fans sind auch sehr wichtig«, bestätigte Bachmann.

»Du bist bestimmt Franzi!« Eine junge rotblonde Frau, die

ein grünes T-Shirt und eine graue, knielange Jogginghose trug, stellte sich neben sie. »Ich bin Katja Lange. Jans Co-Trainerin.« Sie gab Franzi und dann auch Kim und Marie die Hand.
Franzi hörte einen Hund bellen und drehte sich um. Ein kleiner Mischlingshund kam angelaufen und sprang an ihrem Bein hoch. »Rocky, aus!«, sagte Katja mit ruhiger Stimme.
Der Hund blieb stehen und blickte Franzi mit seinen großen Augen erwartungsvoll an.
»Du bist ja süß, Rocky!« Franzi wuschelte dem beigefarbenen Hund, der nicht viel größer als ein Dackel war, über das Fell, was er sich schwanzwedelnd gefallen ließ.
»Das ist mein Hund, er ist immer dabei«, sagte Katja und beugte sich zu Rocky hinunter. »Such Rambo!«
Franzi musste lachen.
»Das ist sein Kuschelhund«, erklärte Katja schmunzelnd.
»Ist das süß!« Franzi, Marie und Kim beobachteten, wie Rocky loslief, sich sein Kuscheltier schnappte, das am Spielfeldrand lag, und sich dann in die Nähe des Vereinsheims auf die Terrasse in ein Hundekörbchen legte.
»Ihr könnt euch dahinten in den Schatten setzen.« Katja deutete auf eine große Linde. »Und dir zeige ich jetzt, wo du dich umziehen kannst.«
»Ich muss mich gar nicht mehr umziehen.« Franzi kramte in ihrem Rucksack und holte Stefans alte Stollenschuhe heraus. Dabei staubte es ein bisschen. Franzi zog sich Strümpfe an und dann die Schuhe darüber. »Schon ha-ha-ha-tschi!« Sie musste plötzlich niesen. »Schon fertig!«

Lächelnd reichte Katja ihr ein Taschentuch.
»Kommt ihr mal bitte alle?« Bachmann winkte die Spieler zu sich heran. »Das ist Franzi. Sie absolviert heute ein Probetraining bei uns.«
»Hallo!« Franzi lächelte in die Runde und freute sich, bekannte Gesichter zu sehen, denn Nele und Elli waren da und begrüßten sie herzlich. Aber auch die anderen Spielerinnen und Spieler grüßten sie freundlich. Franzi schätzte, dass sie alle so zwischen fünfzehn und siebzehn waren, also ein bisschen älter als sie.
»Leider habe ich für die Jungs schlechte Nachrichten. Thommy liegt mit einer Sommergrippe flach. Bis er wiederkommt, trainieren wir alle zusammen!«
»Das kann ja nicht dein Ernst sein«, entfuhr es dem Jungen, den Franzi schon aus dem Waldschwimmbad kannte.
»Doch, Pepe, oder hast du eine bessere Idee? Katja und ich werden euch schon ordentlich einheizen. So, macht euch bitte mit Katja warm.«
Katja machte die Aufwärmübungen vor und schlug dabei die Fersen beim Laufen nach hinten.
Elli lief los, Franzi folgte ihr.
»Nächste Woche kommt der Talentscout, der Nachwuchsspieler für die Stadtauswahl sucht«, sagte Elli. »Und einige spekulieren darauf, in eine höhere Liga aufzusteigen.«
»Willst du das auch?«
Elli nickte. »Ja, eigentlich will das hier jeder.«

Bachmann platzierte vor dem Tor Hütchen in einer Reihe. Nachdem Katja die Gruppe eine Weile hatte hin und her laufen lassen, trommelte der Trainer alle noch mal zusammen. »Morgen um halb vier ist das Freundschaftsspiel der Mädchen gegen den FC Nord. Dafür möchte ich noch ein paar taktische Varianten mit euch üben.« Bachmann wandte sich an Pepe. »Das wird den Jungs auch guttun.«

»Und wann bereiten wir uns auf den Besuch von dem Talentscout vor?«, wollte Pepe wissen.

»Ab übermorgen«, erklärte Bachmann. »Milan schießt euch den Ball zu, ihr spielt direkt zurück, umlauft dann schnell die Hütchen, als wären es Spieler aus der gegnerischen Mannschaft, bekommt einen zweiten Ball von Katja und schießt ihn direkt aufs Tor.«

Alle stellten sich in einer Reihe auf, Milan nahm seinen Posten am linken Spielfeldrand ein. Katja hatte einen großen Sack Bälle geholt, die sie an Milans und ihrer Position verteilte.

»Nele startet!«, sagte Bachmann mit fester Stimme.

Nele lief los, spielte den Doppelpass mit Milan, umkurvte die Hütchen, bekam den Ball von Katja und schoss. Der Ball prallte an den Pfosten. »Super Schuss, Nele. Beim nächsten Mal das Ziel noch besser anvisieren.«

»Jetzt Elli!«, rief Katja.

Auch Elli rannte nun los. Schnell passte sie zurück zu Milan, umlief sie die Hütchen und schoss den Ball ins Tor.

»Klasse, Elli!«, freute sich Katja, während Nele keine Miene verzog.

Bachmann sah zur Tribüne, wo ein großer Mann in Jeans und Polohemd Platz genommen hatte. Bachmann nickte dem Mann zu, hob den Daumen hoch und wandte sich dann an Franzi. »Willst du auch mal?«

Franzi nickte. Ihr wurde heiß und kalt. Normalerweise würde sie jetzt einfach losrennen, aber plötzlich fühlte sie sich komisch. Sie wollte unbedingt treffen, aber wusste nicht, warum das auf einmal so wichtig war. Als sie loslief, kam es ihr so vor, als würde sie in Zeitlupe rennen.

Im Hintergrund hörte sie dumpf Kim und Marie ihren Namen rufen, dann nahm sie den Ball an und schoss. Und Tooor!

»Sehr gut, Franzi!«, lobte Katja sie sofort.

»Guter Schuss!«, bestätigte auch Jan Bachmann.

Marie und Kim jubelten. Franzi grinste sie an und hielt beide Daumen nach oben.

»Jetzt wieder Nele. Komm, du schaffst das!«

Irritiert wandte Franzi sich an Bachmann. »Ist nicht erst jeder einmal dran?«

»Dein Teamgeist in allen Ehren, Franzi, aber beim Training entscheide ich!« Bachmann nickte Nele zu, die loslief. Diesmal war der Schuss gut, aber der Torwart konnte ihn halten.

Franzi wunderte sich. Zog Bachmann Nele den anderen Spielerinnen und Spielern vor?

»So, jetzt macht Pepe den ersten Anspieler«, wies Bachmann an. »Milan, du kannst dich hier einreihen oder du gehst ins Tor.« Bachmann warf Milan einen Torwarthandschuh zu. Milan fing ihn lustlos auf und reihte sich ein.

»Okay, dann bleibt Anton im Tor.« Bachmann konzentrierte sich wieder auf das Training.
Das Ganze ging noch ein bisschen so weiter, bis Bachmann dann andere Spielzüge üben ließ. Franzi hatte zwar das Gefühl, dass sie sich für ihr Können nicht schämen musste, und das machte sie auch ein bisschen stolz. Schließlich trainierten die anderen Jugendlichen schon viel länger als sie. Aber irgendwie ging das komische Gefühl in ihrem Bauch gar nicht mehr weg. Sie machte Sport, weil sie Spaß daran hatte. Sowohl der Trainer als auch die Jugendlichen, die hier spielten, kamen ihr so verbissen vor.
»Findest du, dass Bachmann alle gerecht behandelt?«, fragte Franzi spontan ein Mädchen neben sich in der Reihe.
Das Mädchen zuckte mit den Schultern. »Nele und Elli sind schon seine Lieblinge, aber der Coach wird schon wissen, was er tut. Und er steht ja auch unter Druck, weil er neue Spielerinnen sucht.«
»Trinkpause!« Bachmann und Katja sammelten gemeinsam die Bälle ein, während die Jugendlichen zum Spielfeldrand gingen und aus ihren Wasserflaschen tranken.
Der große Mann, der auf der Tribüne gesessen hatte, stand jetzt am Spielfeldrand und reichte Nele und Elli Trinkflaschen.
»Danke, Papa!«, sagte Nele.
Jan Bachmann und Katja kamen auf Franzi zu. »Du hast wirklich Talent, Franzi«, sagte Katja.
»Wie wäre es, wenn du in den Sommerferien an unserem Fußballcamp teilnehmen würdest? Dann könnten wir dich richtig

fit machen, auch was Technik und Regeln angeht«, schlug Bachmann Franzi vor.
Franzi wusste nicht, was sie sagen sollte. Technik und Regeln, Training in den Ferien? Sie hatte sich doch so sehr auf die Sommerferien im Waldschwimmbad mit ihren Freundinnen und Blake gefreut. »Ähm …«, stammelte sie und war froh, als Katja sie unterbrach. »Hat jemand Rocky gesehen?« Die Trainerin pfiff laut, aber der Hund ließ sich nicht blicken. Kim und Marie kamen angelaufen, sie hatten sofort bemerkt, dass etwas nicht stimmte.
»Habt ihr meinen Hund gesehen?«, fragte Katja besorgt.
»Leider nein, wir haben die ganze Zeit beim Training zugeguckt«, sagte Marie.
»Ist er schon mal weggelaufen?«, wollte Kim wissen.
»Noch nie.«
»Wir sollten das ganze Gelände absuchen.« Franzi merkte, wie es in ihrem Körper zu kribbeln begann. Ihr detektivischer Instinkt war geweckt.
Auch Kim und Marie waren plötzlich hellwach.
»Ich suche das Gebüsch rund um den Platz ab, Marie, du kannst mal die anderen befragen, ob sie was gesehen haben, und Franzi, du gehst in die Umkleiden«, ordnete Kim an.
Franzi bemerkte, dass Katja wegen Kims klarer Anweisung kurz irritiert war. »Ich zeig dir die Umkleiden, okay?« Zusammen betraten sie das Vereinsheim. Links waren zwei Türen – eine führte zu den Jungenumkleiden, die andere zur Mädchenumkleide. Rechts ging eine Glastür zu einem kleinen

Gemeinschaftsraum mit Bar ab und geradeaus waren zwei weitere Türen. Auf einer stand in großen Buchstaben »Trainer«, auf der anderen »Geräte«.

»Rocky!«, rief Katja immer wieder laut, während sie durch die Umkleiden gingen. Plötzlich hörten sie ein schmatzendes Geräusch.

»Kommt das aus der Kneipe?«, fragte Franzi.

»Die ist momentan geschlossen. Die Betreiberin ist schwanger und bekommt bald ihr Baby«, erklärte Katja. »Wir haben noch keine Vertretung gefunden.«

Dann hörten sie ein Bellen.

»Das kommt von dahinten.« Katja ging entschlossen auf die Bürotür zu. »Die ist immer abgeschlossen, wenn wir auf dem Platz sind.« Sie kramte in der Tasche nach ihrem Schlüssel und schloss auf.

Der Raum war klein, an der Wand stand ein Regal mit ein paar Pokalen und auf dem Schreibtisch war ein großer Spielplan ausgebreitet. Einige halb ausgetrunkene Kaffeetassen standen herum.

»Habt ihr ihn?« Bachmann kam dazu.

»Er muss hier irgendwo sein. Rocky, wo bist du?« Katja sah unter das Sofa, das in der Ecke stand. Die drei !!! und Bachmann suchten ebenfalls den Raum ab, aber es gab keine Spur von dem Hund.

Bachmanns Blick fiel auf seinen Schreibtisch. Er nahm eine kleine Geldkassette in die Hand und klappte sie auf. »Das gibt es doch nicht! Das Geld ist weg.«

»Das für die neuen Mädchentrikots?« Katjas Blick fiel auf das Regal. »Der Pokal vom ersten Mädchenturnier ist auch weg!«

Da stimmt was nicht

Franzi spitzte die Ohren und hörte wieder das schmatzende Geräusch.

Bachmann wühlte in seiner Hosentasche. »Mist, mein Schlüssel ist wahrscheinlich in meiner Jacke, die liegt noch auf dem Platz.«

Schnell schloss Katja die Tür zum angrenzenden Geräteraum auf. Darin saß Rocky mit seinem Kuschelhund zwischen ein paar alten Fußbällen, die aus dem Regal gerollt waren.

Katja hockte sich zu ihrem Hund auf den Boden und knuddelte ihn. »Gut, dass dir nichts passiert ist, du kleines Würstchen.«

»Hier riecht es wirklich nach Würstchen«, stellte Franzi fest und im selben Moment leckte Rocky sich die Schnauze.

»Hat dir jemand Würstchen gegeben, damit du nicht bellst und man in Ruhe einbrechen kann?« Franzi lächelte, als Rocky mit einem lauten »Wuff« antwortete.

Bachmann wischte sich mit dem Handrücken gestresst über die Stirn. »Wir müssen das Training für heute abbrechen.« Er verschwand Richtung Tür und stieß fast mit Kim und Marie zusammen.

»Da ist er ja!«, rief Kim erleichtert, als sie mit Marie dazukam. »Warum guckst du so ernst, Franzi, bist du gerade in die Nationalmannschaft aufgenommen worden?« Kim kicherte.

Während Franzi ihre beiden Freundinnen auf den neuesten Stand brachte und Katja den kleinen Mischlingshund schützend auf dem Arm umhertrug, kamen nach und nach alle Spielerinnen und Spieler vom Platz zurück und verschwanden in den Umkleiden. Pepe musterte Franzi neugierig und verschwand dann in der Jungenumkleide.

»Alles klar?«, erkundigte Nele sich bei Franzi.

Franzi schaltete schnell. »Ja, alles gut. Ich hab noch ein paar Fragen, ehe ich mich für den Verein entscheide.«

»Ach so, ich dachte schon, es ist irgendwas passiert, weshalb das Training abgebrochen wurde.« Elli sah fragend von Franzi zu Katja und unterdrückte ein Gähnen.

»Macht euch keine Sorgen«, schaltete Katja sich ein. »Morgen läuft wieder alles nach Plan. Das Freundschaftsspiel mit dem FC Nord findet auf jeden Fall statt.«

Man hörte Gelächter aus den Umkleiden und das Rauschen von Duschen.

»Okay, komm, Elli, dann gehen wir jetzt ins Freibad.« Nele zog ihre Freundin hinter sich her.

»Nee, ich brauche neue Stollenschuhe«, sagte Elli und kurz darauf verschwanden die beiden Mädchen in der Umkleide.

Bachmann kam mit seinem Handy in der Hand zurück.

»Franzi, es wäre toll, wenn du morgen wiederkommen könntest, dann reden wir über alles. Ich muss jetzt die Polizei über den Diebstahl informieren. In der Kasse waren immerhin fast 300 Euro.«

Die drei !!! verständigten sich mit Blicken.

»Am besten, du versuchst mit Kommissar Peters zu sprechen«, sagte Franzi.

Jan Bachmann setzte sich an seinen Schreibtisch. »Kennst du ihn?«

»Ja, wir haben schon oft mit ihm zusammengearbeitet. Wir sind nämlich Detektivinnen – *Die drei !!!*.« Wie aufs Stichwort zog Marie eine kleine silberne Dose aus ihrer Tasche, klappte sie auf und holte eine Visitenkarte heraus. Franzi nahm sie ihr aus der Hand und überreichte sie Bachmann, der, genau wie Katja, die drei Detektivinnen überrascht ansah und dann neugierig die Karte betrachtete.

»Wir haben bereits 69 Fälle erfolgreich gelöst und würden euch gern helfen, den Dieb zu finden«, erklärte Franzi souverän. »Wie wäre es, wenn ich weiterhin zum Training komme und wir nebenbei undercover ermitteln?«

»Ich hab den Eindruck, dass ich euch nicht davon abhalten kann, stimmt's?« Bachmann wirkte skeptisch.

»Genau. Hartnäckigkeit ist auch eine unserer Stärken.« Kim lächelte.

»Okay. Aber lasst mich erst mal euren Kommissar Peters anrufen.«

Franzi jubelte innerlich und auch Kim und Marie grinsten kurz triumphierend.

»Klar, hier ist die Nummer.« Kim hielt ihm ihr Handydisplay hin. Nachdenklich tippte er die Nummer in sein Smartphone ein.

Franzi und ihre Freundinnen sahen sich aufgeregt an. Endlich ein neuer Fall für *Die drei !!!*.

Bachmann schilderte Peters am Telefon in kurzen, knappen Sätzen die Vorkommnisse und legte dann wieder auf. »Er kommt. Es wäre wirklich gut, wenn ihr euch etwas im Hintergrund haltet. Ich möchte nicht, dass hier jemand zu Unrecht verdächtigt wird.«

»Keine Sorge, wir sind Profis.« Franzi ärgerte sich darüber, dass die Leute immer wieder dachten, dass sie die drei !!! in ihrer Arbeitsweise belehren mussten. Wenn jemand wusste, wie man sich als Detektivin zu verhalten hatte, dann ja wohl sie selbst.

»Und ihr könnt auch wirklich einschätzen, wann etwas zu gefährlich wird?«, fragte Katja besorgt.

»Uns ist noch nie etwas Schlimmes passiert«, erklärte Franzi und wusste, dass sie die Realität damit ein bisschen beschönigte. Die drei !!! waren bei ihren Ermittlungen schon mehrmals in Gefahr geraten, aber sie hatten alle riskanten Situationen gemeistert.

»Tschüss!« Skeptisch blickte Pepe durch die Tür in das Büroinnere.

»Mach's gut. Bis morgen!« Bachmann lächelte Pepe an und zeigte dabei seine blütenweißen Zähne.

Jetzt verließen auch die Mädchen nacheinander ihre Umkleide. Als sie weg waren, setzte Kim sich auf einen der Bürostühle. Ihr Notizbuch hatte sie auf ihre Beine gelegt, weil auf dem Schreibtisch kein Platz war. »Können Sie bitte überprüfen, ob sonst noch irgendetwas fehlt?«

»Also, ich glaube, sonst ist alles noch da. Wir haben auch kaum Wertgegenstände hier.« Bachmann nahm den Trainingsplan, der auf dem Tisch lag, und faltete ihn zusammen.

»Ich guck noch mal im Regal nach.« Katja setzte Rocky auf den Boden, der sofort zu Franzi kam und sie aus großen schwarzen Kulleraugen ansah.

»Möchtest du auch mal zu mir?«

Das ließ sich der kleine Mischlingshund nicht zweimal sagen und mit einem Hops war er auf ihrem Arm.

»Bis auf die Kasse und den Pokal scheint alles da zu sein«, erklärte Bachmann und Katja nickte.

Marie, die selbst ein Ass im Öffnen von Schlössern war, schaute sich die Schlösser beider Türen genauer an. »Keine Spuren

von gewaltsamen Öffnungsversuchen. War die Geldkassette abgeschlossen?«
»Dazu habe ich gar keinen Schlüssel mehr. Bis jetzt ist hier ja auch noch nie etwas passiert.« Bachmann sah zur Tür, durch die Kommissar Peters gerade hereinkam.
»Aha! Da sind ja mal wieder meine drei Lieblingsdetektivinnen.« Er nickte den Mädchen zu und stellte sich dann Bachmann und Katja vor. »Was genau ist vorgefallen?« Bachmann bot Peters seinen Stuhl an und setzte sich selbst auf die Kante des Schreibtisches. »Jemand hat sich unbefugt Zutritt zu unserem Büro verschafft.«
Es klopfte an die Bürotür. Kurz darauf trat Neles Vater ein und nickte in die Runde. »Hallo. Andreas Dietrich mein Name. Jan, deine Jacke lag noch draußen. Nele hat sie gefunden.«
»Danke, Andreas. Bis die Tage!« Bachmann nahm die Trainingsjacke entgegen und hängte sie an einen Haken neben der Tür.
Der Mann nickte noch mal und verschwand wieder. Franzis Blick fiel auf die Jackentasche, aus der ein Schlüsselband heraushing. »Ist das dein Schlüssel?«
»Ja, er ist also noch da. Aber wie ist der Täter denn dann hier reingekommen? Es gab doch keine Einbruchspuren und du hattest deinen Schlüssel doch auch die ganze Zeit bei dir, oder, Katja?«
Katja nickte.
»Ich würde zunächst gern mal aufnehmen, was entwendet wurde. Danach werde ich mir die Türen genauer ansehen.«

Kommissar Peters saß neben Kim und hatte wie sie einen Notizblock auf den Knien.
Franzi musste sich das Lachen verkneifen, es sah ein bisschen so aus, als würden sie zusammen in der Schule sitzen.
»Und ihr drei: Passt auf euch auf. Ich möchte niemanden aus einem Müllcontainer befreien, okay?«
Franzi verdrehte innerlich die Augen, denn Peters spielte auf einen früheren Fall an, bei dem Kim und sie in einem großen Supermarkt in einem Müllcontainer festgesessen hatten.
»Nur kurz zur Erinnerung: Ich habe die beiden damals befreit«, erklärte Marie mit einem zuckersüßen Lächeln, während sie ihre Sonnenbrille aus den glänzenden blonden Haaren nahm und zusammenklappte.
»Ach ja, danke, dass du meinem Gedächtnis auf die Sprünge hilfst, Marie«, erwiderte Peters trocken, »aber ihr wisst ja, was ich meine.«
Die drei Detektivinnen nickten, warfen sich aber heimlich genervte Blicke zu.

Eine halbe Stunde später kamen die drei !!! beim *Lomo*, ihrem Stammcafé, an. Franzi sprang als Erste vom Rad. »Draußen oder drinnen? Ich bin für draußen.« Sie sah sich auf der Terrasse um und entdeckte einen freien Tisch unter einem großen weißen Sonnenschirm.
»Drinnen«, sagte Kim, und Marie rief zeitgleich: »Draußen!« Franzi und Marie schauten Kim an, die sich geschlagen gab.

»Okay, aber nur im Schatten und wenn ich einen riesigen *LICK* spendiert bekomme.«
Marie zwinkerte Franzi zu. »Du bist uns doch sowieso noch ein Eis aus dem Schwimmbad schuldig, aber *LICK* geht natürlich auch.«
LICK war die Abkürzung für *Lomo Iced Choc Kick*, das absolute Lieblingsgetränk der Detektivinnen im Sommer, bestehend aus eisgekühltem Kakao mit Vanilleeis und weißen Schokoraspeln. Kim lief zu dem freien Tisch und setzte sich in einen Sessel, während Marie bei der Bedienung die Bestellung aufgab.
»Meint ihr, jemand hat es auf die Mädchenmannschaft abgesehen? Oder nur aufs Geld?« Franzi machte es sich auf dem Rattansofa bequem.
»Mit dem Pokal kann er oder sie jedenfalls nicht reich werden«, stellte Marie fest und nahm neben Franzi Platz. »Der ist aus Blech.«
»Ich könnte mir vorstellen, dass jemand der Mädchenmannschaft schaden will. Er hat gezielt das Geld geklaut, mit dem Trikots gekauft werden sollten. Und den ersten Pokal, den die Mädchenmannschaft gewonnen hat. Mmhhh, danke! Das ging ja schnell.« Kim nahm glücklich ihren *LICK* von der Bedienung entgegen und begann, die Schokoraspeln aus dem Getränk zu löffeln. »Die Mannschaft hat ihr erstes Turnier übrigens in den alten Trikots der Jungs gespielt, hat Ben mal erzählt.«
»Komisch, warum das denn?« Franzi trank einen großen Schluck.
»Wenn man so eine Mannschaft neu gründet, hat man eben

nicht gleich alles komplett«, überlegte Marie. »Aber an den Outfits sparen?«
»Das läge dir natürlich fern.« Franzi löffelte nachdenklich Schokoraspeln aus ihrem *LICK*. »Also dieser Pepe, der hat ja Elli schon im Schwimmbad so fies getunkt. Vielleicht war er es?«
»Aber wie ist er ins Büro gekommen? Er war doch die ganze Zeit auf dem Platz?«, fragte Marie.
»Bist du dir da so sicher?« Franzi versuchte sich daran zu erinnern, wie das Training abgelaufen war. »Und warum sollte er Rocky einsperren?«
»Um Katja zu ärgern?« Marie rührte unschlüssig in ihrem *LICK* herum.
»Bescheuert, dass Bachmann uns weggeschickt hat«, ärgerte sich Franzi. »Ich wollte noch Fotos machen und Fingerabdrücke nehmen.«
»Das macht bestimmt Kommissar Peters. Und Bachmann kann uns ja schlecht allein im Vereinsheim lassen, wenn er einen wichtigen Termin hat«, sagte Marie bestimmt.
»Und wenn er es selbst war?« Franzi zog ihr Cap tiefer in die Stirn.
Kim trank den letzten Schluck ihres *LICKs* aus. »Warum sollte er das tun?«
Franzi zuckte mit den Schultern. »Geldsorgen?«.
Kim sah auf ihr Handy. »Oh, schon so spät. Können wir morgen weiterüberlegen? Ich bin gleich noch mit David im Jugendzentrum verabredet. Er leiht mir seinen neuesten Krimi.«
»Ich dachte, er ist Fantasyfan?«, fragte Marie überrascht.

»Seit er weiß, dass wir echte Detektivinnen sind, interessiert er sich auch für Krimis, allerdings nur für Fantasykrimis«, erklärte Kim.
»Ich wusste gar nicht, dass es so etwas gibt.« Franzi winkte der Bedienung zu und deutete an, dass sie zahlen wollte.
»Kommt ihr mit ins Jugendzentrum?« Kim stand auf.
»Ich will mich erst mal umziehen und komme dann nach, okay?« Marie stand ebenfalls auf.
Franzi sah an sich herunter. Sie steckte immer noch in ihren Sportsachen. »Dann muss ich mich wohl auch umziehen.« Kim und Marie nickten.

Detektivtagebuch von Kim Jülich
Mittwoch, 21:15 Uhr

Olée, olé, olé, oléééé, wir haben einen Fahallll – oléé!
Gerade hatten wir uns noch auf unsere wohlverdienten Sommerferien im Waldschwimmbad gefreut und nun haben wir einen neuen Fall, und Franzi wird auch noch Profifußballerin. Na ja, oder auch nicht. Sie hätte aber definitiv das Zeug dazu. Beim Probetraining hat sie wohl sehr schnell gemerkt, dass dieses ganze Leistungsding nichts für sie ist. Doch dann hat sie blitzschnell geschaltet und eine Entscheidung getroffen. Sie trainiert weiter zur Probe beim FC Südwest, damit niemand Verdacht schöpft und wir dort ungehindert ermitteln können.
Aber jetzt zum Fall: Mal abgesehen davon, dass Franzi schon während des Trainings ein seltsames Bauchgefühl hatte, gab es einen Diebstahl. Während des Trainings, als alle Spieler, der Trainer und wir auf dem Platz waren, wurden aus dem Trainerbüro zwei Dinge gestohlen: Geld, das für neue Fußballtrikots der vor ein paar Monaten

gegründeten Mädchenmannschaft bestimmt war, und der Pokal, den diese Mannschaft neulich gewonnen hat. Die anderen Pokale und Wertsachen sind unangetastet geblieben. Der Pokal war aus Messing, hatte also kaum materiellen, dafür aber großen ideellen Wert. Wer klaut so etwas? Wir vermuten, dass es jemand sein könnte, der auf die Mädchenmannschaft eifersüchtig ist. Unser Hauptverdächtiger ist Pepe. Er war schon im Schwimmbad so fies und hat Elli getunkt. Und beim Training hat er sich auch seltsam verhalten. Außerdem rätselhaft: Warum war Katjas Hund Rocky in der neben dem Büro liegenden Kammer eingesperrt? Auch die muss jemand geöffnet haben. Aber wie? Darin befinden sich aber nur eine Menge Bälle, Seile, Hütchen, eben Dinge, die zum Training manchmal gebraucht werden. Wir werden morgen nach der Schule nach Fingerabdrücken und anderen Hinweisen suchen.

Geheimes Tagebuch von Kim Jülich
Mittwoch, 21:40 Uhr

Achtung! Wer heimlich in Kim Jülichs Tagebuch liest, manövriert sich ins Abseits, denn er bekommt Schwimmbadverbot und wird zur Strafe in die Ballkammer vom FC Südwest eingesperrt.

Ende nächster Woche sind endlich Sommerferien! Wie toll, ich freue mich so sehr darauf, endlich auszuschlafen, dann gemütlich mit Marie und Franzi im Lomo zu frühstücken und den Rest des Tages im Waldschwimmbad zu verbringen. Allerdings haben die Entwicklungen des heutigen Tages ergeben, dass wir wohl auch einen Teil unserer Ferien auf dem Fußballplatz sein werden.

Zum Glück bin ich nicht mehr in unseren Schreibworkshopleiter Sebastian verliebt. In den Weihnachtsferien bin ich noch vor Sehnsucht vergangen. Im Nachhinein kann ich echt nicht verstehen, warum ich so verknallt war. Er ist gerade auf einem Weinseminar in Frankreich. Oh Mann, wie langweilig!!!

Heute Abend habe ich mich noch mit David im Jugendzentrum getroffen. Wir wollten uns gegenseitig mit neuem Lesestoff für die Ferien versorgen. Ich hab ihm meinen kürzlich ausgelesenen Waldkrimi gegeben und er mir einen Fantasykrimi. Wir haben ein bisschen Tischkicker gespielt und uns unterhalten. Unser letzter Schreibworkshop ist vor ein paar Wochen zu Ende gegangen und der nächste Aufbaukurs startet erst im Herbst. Als ich David vorgeschlagen habe, dass wir in den Ferien ja gemeinsam eine Reportage schreiben könnten, hat er ein Eigentor geschossen und dann zugesagt. Ich bin ja mal gespannt, ob das funktioniert ...
Unseren neuen Fall habe ich ihm vorerst verschwiegen, obwohl er ja weiß, dass wir Detektivinnen sind. Aber ich hab ihm erzählt, dass Franzi jetzt probeweise beim FC Südwest trainiert. Er hat angeboten, ihr ein paar Tipps zu geben, er war selbst mal im Verein. Auf meine Frage, ob es auch irgendwas gibt, womit er sich nicht auskennt, hat er geantwortet: »In deinem Leben kenne ich mich nicht aus.« Ich musste lachen, so spannend ist das ja nun auch wieder nicht. Und dann hat David mir noch ein kleines Geschenk gegeben, eine Spionagebrille, mit der man sehen kann, was hinter einem passiert. Auf der Innenseite der Brillengläser befinden sich seitlich zwei Spiegelflächen, die wie ein Rückspiegel funktionieren. Ich hab die Brille gleich ausprobiert, und Franzi und Marie waren baff, als ich ihnen schon Komplimente für ihre Outfits gemacht habe, ehe ich mich überhaupt zu ihnen umgedreht hatte.
David hat uns dann noch mithilfe des Tischkickers Abseits und andere Fußballregeln erklärt. Jetzt sind wir topfit. Na ja, zumindest in der Theorie.
Nach dem Abendessen hab ich Ben und Lukas erzählt, dass ich jetzt öfter mal beim Fußballtraining sein werde, weil Franzi dort zur Probe trainiert. Sie wollten gleich wissen, ob wir an einem neuen Fall dran sind. Ich hab mir natürlich nicht in die Karten gucken lassen und ihnen die Rote Karte gezeigt, als sie weitergebohrt haben. Mal sehen, wie lange ich es vor meinen Superheldendetektivbrüdern geheim halten kann. Wir müssen den Fall einfach schnell lösen.

So, jetzt wird aber nichts mehr gelöst, sondern gelesen, und zwar der Fantasykrimi, den David mir geliehen hat.

Fieses Foul

»Die Kollegen von Kommissar Peters haben gestern auch schon Fingerabdrücke genommen, aber leider keine Anhaltspunkte für einen Einbruch gefunden. Es waren nur die Abdrücke von Katja und mir zu sehen«, berichtete Bachmann den drei !!!.

Kim hielt Bachmann und Katja ein Stempelkissen hin, auf das sie ihre Zeigefinger drücken sollten. »Wir wollen einfach nur schauen, ob uns nicht doch noch etwas auffällt.« Nacheinander drückten sie nun ihre Finger in Kims Detektivtagebuch.

Marie pinselte Grafitpulver rund um das Türschloss herum und begann, es mit Klebeband vorsichtig abzuziehen.

Franzi saß in der Hocke im Trainerbüro und kraulte Rocky. Dabei suchte sie den Boden nach Hinweisen ab.

»Ich finde auch nur Ihre Fingerabdrücke«, erklärte Marie, als sie die Fingerabdrücke in Kims Notizbuch neben Katjas und Bachmanns Fingerabdrücke geklebt hatte.

»Können Sie mir bitte mal Ihren Schlüssel geben?« Kim zeigte auf die Tasche in der Trainingsjacke von Bachmann, in der

gestern der Büroschlüssel gesteckt hatte.
Er holte den Schlüssel aus seiner Hosentasche und reichte ihn Kim. »Da werdet ihr leider nichts drauf finden. Meine Frau hat die Jacke gestern Abend noch gewaschen und vergessen, die Taschen zu leeren.« Der Trainer sah die Mädchen bedauernd an.
»Wir gucken trotzdem noch mal. Sicher ist sicher.« Kim nahm den Pinsel und begann, den Schlüssel mit Grafitpulver zu bestreichen.
»Und Katja, du hattest deinen Schlüssel gestern die ganze Zeit bei dir?« Franzi strubbelte Rocky über das Fell.
»Ja, an dem Schlüsselbund ist auch mein Wohnungsschlüssel.«
»Hier ist nichts.« Kim nahm ein Reinigungstuch aus ihrer Tasche und wischte das Grafitpulver von Bachmanns Schlüssel. »Wer hat noch einen Schlüssel?«
»Nur Thommy, der Trainer der Jungenmannschaft. Aber er hat eine fiese Sommergrippe und liegt flach. Ich hab ihn gestern gefragt und er hat mir versichert, dass er den Schlüssel zu Hause in seinem Rucksack hat.« Bachmann rieb sich die Schläfen.
»Hast du denn eine Idee, wer es gewesen sein könnte? Gibt es ein Vereinsmitglied, das Geldsorgen hat?« Franzi stand auf, dabei fiel ihr Blick in den Mülleimer, in dem ein Kaugummi lag.
»Nicht mehr als andere. Das sind Jugendliche, die haben alle nicht so viel Geld«, gab Katja zu bedenken.
Franzi bückte sich zum Mülleimer. »Habt ihr das Kaugummi weggeworfen?«

Bachmann und Katja schüttelten den Kopf.
»Das ist noch frisch. Kim, hast du Einmalhandschuhe dabei?«
»Klaro.« Kim zog ein Paar Plastikhandschuhe aus ihrer Tasche und reichte sie Franzi, die das Kaugummi aus dem Mülleimer nahm und in eine leere Taschentücherpackung fallen ließ.
»Könnt ihr mit euren Ermittlungen vielleicht später weitermachen?« Bachmann sah auf seine Uhr. »Das Freundschaftsspiel fängt in einer Stunde an.«
Plötzlich streckte Pepe seinen Kopf durch die Tür. »Hey, Coach, wie sieht denn jetzt unser Training aus, bis der Scout kommt?«
Er hatte einen Hotdog in der Hand, und plötzlich merkte Franzi, dass sie Hunger hatte.
»Pepe, eins nach dem anderen. Jetzt müssen die Mädchen erst mal alles geben, und morgen besprechen wir den vorübergehenden Trainingsplan, okay?«
»*Ladys first*, ich verstehe.« Pepe verschwand wieder, ohne ein weiteres Wort zu sagen.
»Schade, dass die Kneipe nicht geöffnet ist«, meinte Franzi. Die drei Detektivinnen hatten sich nach der Schule direkt hier verabredet, um noch in Ruhe ermitteln zu können, ehe das Spiel losging. Dafür hatte das Mittagessen ausfallen müssen.
Kim gab ihr ein Gummibärchen. »Damit du nicht unterzuckerst.« Sich selbst steckte sie ebenfalls eins in den Mund. Während Franzi lutschte, nahm sie den Geruch von Pepes Hotdog wahr. Gestern hatte es doch in der Ballkammer auch nach Würstchen gerochen.

»Könnt ihr euch vorstellen, dass es Pepe war?«, fragte Franzi Bachmann und Katja.
Es klopfte wieder. Ein großer, hagerer Typ mit einer Halbglatze kam herein.
»Hallo, Thilo«, begrüßte Bachmann den Mann freundlich. Dann wandte er sich an die drei !!!: »Das ist Thilo Müller. Der Trainer der Mädchen vom FC Nord. Wir müssen morgen weitermachen. Jetzt gewinnen wir erst mal das Spiel.« Er zwinkerte Thilo fröhlich zu, der lachen musste.
»Na warte, Jan, meine Spielerinnen sind in Höchstform.«
Leicht gefrustet, dass sie nicht weiter nach Spuren suchen konnten, verließen die drei Detektivinnen das Büro.
»Mist!«, hörten sie dabei Elli in der Mädchenumkleide fluchen. »Eben waren sie doch noch hier!«
»Nachsehen?«, fragte Franzi ihre beiden Freundinnen. Beide nickten und so betraten sie die Umkleide. Der Raum war nicht besonders groß. An den Wänden waren Spinde und davor standen Sportbänke.
Elli sah sich suchend um.
»Was suchst du denn?«, wollte Kim wissen.
»Meine neuen Stollenschuhe sind verschwunden. Gerade standen sie noch genau hier.« Elli zeigte auf den Boden unter der Bank. »Ich war nur kurz auf der Toilette, und als ich zurückkam, waren sie weg.« Sie ließ sich erschöpft auf der Bank nieder. »Und was noch viel schlimmer ist: Mein Glücksbringer ist auch verschwunden! Als ich von zu Hause losgefahren bin, hatte ich ihn noch.«

Nele kam dazu. »Bei den Fahrradständern ist Wilma nicht.«
»Wilma?« Kim sah die beiden Mädchen fragend an.
»Mein Nashorn. Ein Kuscheltier, das meine Mutter mir geschenkt hat, bevor sie ...« Elli stockte. »... letztes Jahr gestorben ist.« Ihre Stimme klang brüchig, die Augen füllten sich mit Tränen.
Franzi sah zu Marie, die sich sofort mitfühlend neben Elli setzte und den Arm um sie legte. Auch Marie hatte ihre Mutter verloren und konnte am besten nachvollziehen, wie schmerzhaft das war. »Oh nein. Wir finden Wilma und die Schuhe.«
»Ich schau noch mal auf dem Platz nach.« Nele verschwand.
»Die Schuhe müssen doch irgendwo sein!« Franzi ging, den Boden absuchend, vor den Spinden auf und ab.
Katja kam herein und stockte. »Ist was passiert?«
»Meine Schuhe, die ich mir gestern gekauft habe, sind futsch. Die alten habe ich gleich zum Entsorgen im Geschäft gelassen. Und Wilma ist auch weg. Dann findet das Spiel eben ohne mich statt.« Wütend boxte Elli gegen ihre Tasche.
»Vielleicht ist das ein Zeichen, dass du dich mal ausruhen sollst?« Katja setzte sich neben Elli und strich ihr über den Kopf.
»Jedes Training ist jetzt wichtig, bevor der Scout kommt, oder nicht?!«
»Ja, stimmt, aber du siehst ein bisschen angeschlagen aus«, sagte Katja besorgt. »Vielleicht setzt du dich wegen dem Fußball auch zu sehr unter Druck?«
»Quatsch, Fußball gibt mir Kraft. Wenn ich auf dem Feld bin, fühle ich mich stark. Dann muss ich auch nicht andauernd an

Mama denken. Ich musste mich in den letzten Wochen so wegen Mathe und Erdkunde anstrengen, damit ich versetzt werde, da hab ich manchmal abends zu lange gelernt.« Elli straffte sich und versuchte zu lächeln. »Aber jetzt sind ja bald Ferien, da kann ich mich voll auf Fußball konzentrieren und auf sonst nichts.«

Franzi überlegte. »Wie wäre es, wenn ich dir meine Stollenschuhe leihe?« Franzi zog die Schuhe aus ihrer Sporttasche und hielt sie Elli hin. »Größe 38, passt das?«

»Ja, perfekt! Das würdest du machen?« Franzi nickte.

Elli nahm die leicht verstaubten, abgewetzten Schuhe strahlend entgegen und zog sie an. »Passen super. Danke!« Bachmann klopfte von außen an die Tür. »Elli, kommst du?« Elli sprang auf. »Jahaaa!«, rief sie voller Elan.

Die drei !!! und Katja folgten ihr auf den Platz, wo sie direkt von Neles Vater abgefangen wurde. Er hielt ihr eine Flasche hin. »Heute gibt's einen extra Energie-Kick. Ich nenne ihn ›die Sportskanone‹.«

»Danke, Herr Dietrich!« Elli nahm einen großen Schluck von dem Getränk und ging dann zu Nele und den anderen Spielerinnen aus ihrem Verein.

Die drei !!! waren erstaunt, dass so viele Zuschauer gekommen waren. Auf der Tribüne saßen nicht nur Eltern und Freunde, sondern sogar echte Fans, die Fahnen mit den Farben und dem Wappentier des Vereins, einem Rehkitz, schwenkten. Bachmann hatte seine Mannschaft zusammengetrommelt. Sie standen, wie die gegnerische Mannschaft auf der anderen Seite des

Platzes, im Kreis und hörten ihrem Trainer zu. Bachmann sprach gerade den letzten Satz. »Wir sind ein ...« »... TEAM!«, riefen die Mädchen und jubelten.
Die drei !!! lächelten sich an. »Das ist auch ein cooler Powerspruch«, raunte Franzi ihren Freundinnen zu, die beide zustimmend nickten.
Der Kreis der Mädchen löste sich auf. Nele wollte gerade loslaufen, da hielt Bachmann sie am Arm fest. »Du bist die Beste, das weiß ich!«
Nele blickte unsicher zu Elli und lief dann los.
Elli tat so, als hätte sie nichts gehört, und Franzi beobachtete, wie sie Bachmann erwartungsvoll anguckte, doch er beachtete sie gar nicht. Stattdessen zeigte er beide Daumen nach oben und blickte dabei zur Zuschauertribüne, wo Neles Vater in der ersten Reihe Platz genommen hatte.
In der Reihe hinter ihm saß ein Mann, der irgendwie seltsam aussah. Franzi schätzte ihn auf Mitte vierzig. Er hatte einen Zopf und trug einen grasgrünen, glänzenden Jogginganzug. Franzi sah sich nach Elli um. Sie beobachtete, wie Katja ihren Arm um Elli legte. »Alles gut?«
Das Mädchen nickte und straffte sich. Ein Pfiff ertönte, das Spiel ging los.
Franzi setzte sich zu Kim und Marie. Gespannt blickten die drei auf das Feld, wo das Spiel nun in Gang kam.
»Guter Pass!«, rief Marie, als Nele Elli den Ball zuschoss.
»Sieht gut aus! Die sind die ganze Zeit vorm gegnerischen Tor!«, stellte Kim fest.

Franzi wollte nicht, dass ihr etwas Wichtiges entging, deshalb riss sie ihren Blick von den schnellen Ballwechseln los und beobachtete, wie Pepe und Milan ein paar Reihen hinter ihnen mürrisch auf das Spielfeld starrten. Doch plötzlich hellten sich ihre Mienen auf. Franzi sah, dass ein Mädchen aus der gegnerischen Mannschaft gerade mit dem Ball auf das Tor zuraste. Bachmann raufte sich nervös die Haare und schrie den Spielerinnen Anweisungen zu.

In der letzten Sekunde gelang es Nele, die in der Nähe des Tors stand, den Ball abzuwehren.

Bachmann klatschte und Katja hüpfte kurz auf und ab, war dann aber gleich wieder sehr konzentriert.

»Katja ist echt mit Herzblut dabei!«, flüsterte Franzi Kim und Marie zu.

In der nächsten Sekunde schoss Elli ein Tor. Das Publikum jubelte, Bachmann und Katja klatschten sich ab, entfernten sich dann aber voneinander und beobachteten gebannt das Spiel.

»Nele, guter Pass!«, rief der Trainer. »Elli, super verwandelt!« Die beiden Mädchen freuten sich, umarmten sich kurz, dann ging es weiter.

»Das wird ja immer rasanter, ein richtiger Krimi«, sagte Kim und grinste. Tor! Schon wieder Elli. Die Zuschauer jubelten. »Toll!« Franzi freute sich für Elli. »Meine Schuhe bringen anscheinend Glück.«

Sie beobachteten, wie Elli einen Pass von Nele annahm und eine der gegnerischen Spielerinnen auf sie zugerast kam. Elli wollte den Ball an ein anderes Mädchen aus ihrer Mannschaft

abgeben, doch die Gegnerin war bereits so nah an ihr dran, dass das kaum möglich war.
»Die bedrängt Elli ja total!«, beschwerte sich Kim.
Gebannt beobachteten die drei !!!, dass das Mädchen Elli keine Chance ließ. Die Gegnerin holte aus, verfehlte den Ball und traf Elli mit voller Wucht am Schienbein. Elli verzog das Gesicht, versuchte aber, im Ballbesitz zu bleiben. Das gelang ihr zunächst, aber dann stellte die Gegnerin ihr ein Bein. Elli verlor das Gleichgewicht und fiel zu Boden. Das andere Mädchen rannte mit dem Ball zum Tor. Ehe sie schießen konnte, ertönte der laute Pfiff des Schiedsrichters. Gleichzeitig raste Katja zu Elli und auch Nele kam sofort angelaufen. Franzi sah sich nach dem Schiedsrichter um, der gerade eine Gelbe Karte aus seiner Brusttasche zupfte und sie dem Mädchen, das Elli gefoult hatte, hinhielt.
»Das war doch eindeutig ein fieses Foul, warum bekommt die nicht die Rote Karte?«, ereiferte Marie sich.
Bachmann war jetzt auch bei Elli, die mit Katjas und Neles Hilfe wieder aufstand.
»Die Arme, das hat bestimmt richtig wehgetan.« Kim sah besorgt aufs Spielfeld.
Thilo, der Trainer der anderen Mannschaft, redete auf das Mädchen, das Elli gefoult hatte, ein. Sie sah schuldbewusst zu Boden. Franzi beobachtete, wie Bachmann mit Elli sprach. Sie nickte und richtete sich dann wieder auf. Der Trainer sah sich ihren Fuß noch mal an und gab dem Schiedsrichter ein Zeichen, woraufhin dieser pfiff. Das Spiel ging weiter.

Die Zuschauer feuerten den FC Südwest kräftig an. Sprechchöre waren zu hören. »Elli vor, noch ein Tor!«

Elli gab sich sichtlich Mühe, aber sie schien Schmerzen zu haben. Die drei !!! merkten, dass Nele nun auch nicht mehr so recht ins Spiel kam. Der gegnerischen Mannschaft gelang der Anschlusstreffer, dann pfiff der Schiedsrichter zur Halbzeit.

Sofort liefen die drei !!!, Neles Vater und die beiden Trainer aufs Spielfeld, wo Elli sich hingesetzt hatte. Mit schmerzverzerrtem Gesicht drehte sie ihren Fuß am Gelenk hin und her. Dietrich sah sich die Verletzung an. »Das sieht nicht gut aus, du kannst nicht weiterspielen.«

»Neles Vater ist Arzt?«, flüsterte Marie.

»Anscheinend.« Franzi beobachtete, wie Thilo, der Trainer der anderen Mannschaft, Bachmann ansprach.

»Es tut mir wirklich leid.«

Bachmann winkte ab. »Das passiert. Ist ja nicht dein Fehler.« Dann wandte er sich an Elli. »Ich rufe deinen Vater an. Er soll dich zum Arzt bringen.« Bachmann zog sein Handy aus der Tasche und entfernte sich.

Katja half Elli aufzustehen, und von ihrer Trainerin gestützt humpelte sie zum Spielfeldrand, wo sie sich auf einer Bank niederließ.

»Das war ein ganz fieses Foul!«, meinte Franzi mitfühlend, während sie sich neben Elli setzte.

»Ich glaube nicht«, meinte Elli geknickt. »Ich bin irgendwie in Josie reingelaufen. Heute ist nicht mein Tag. Und ohne Wilma geht's anscheinend nicht.«

»Du kennst sie?«, wollte Marie wissen. Elli nickte.
»Komm, der geigen wir mal ordentlich die Meinung.« Marie stand auf, aber Elli hielt sie zurück. »Lass mal, die ist echt okay.«
»Und warum kommt sie dann nicht her und entschuldigt sich bei dir?« Franzi beobachtete, wie Josie, ohne nach links und rechts zu schauen, vom Platz verschwand.
»Weil sie ein schlechtes Gewissen hat«, beantwortete Marie die Frage.
»Ich muss mir jetzt erst mal was für meinen Vater ausdenken.«
»Ihr Vater ist total dagegen, dass sie hier spielt«, erklärte Nele, die gerade mit den Getränkeflaschen angelaufen kam.
Elli nahm einen Schluck. »Er meint, Fußball ist nicht gut für mich und außerdem schuld an meinen schlechten Noten. Wenn ich jetzt verletzt bin, wird es noch schwerer, ihn vom Gegenteil zu überzeugen.«
Franzi dachte nach. Da gab es also einen Vater, der gegen den Fußballerfolg seiner Tochter war. Kurz überlegte sie, ob er mit den Vorkommnissen etwas zu tun haben könnte, aber sie verwarf den Gedanken schnell wieder, weil sie sich beim besten Willen nicht vorstellen konnte, warum der eigene Vater so etwas machen sollte.
»Wo ist eigentlich Pepe?« Franzi drehte ihren Kopf zu der Tribüne, auf der er mit Milan gesessen hatte. Aber beide Jungen waren verschwunden.

Spielmacher

»Wenn du im Moment des Zuspiels hinter den Abwehrspielern stehst, bist du im Abseits.«

David hatte verschiedene Sonnencremeflaschen nebeneinandergestellt und hantierte mit einer Sonnenbrille, die er auf die Sonnencremeflaschen zulaufen ließ. Die Sonnenbrille schoss ein rundes Kaugummi vor sich her.

»So versteht man das doch gar nicht. Guck mal, hier sind die Verteidiger ...«, Blake rollte in seinem Rollstuhl neben dem Handtuchlager ein Stück vor, »... und hier bist du.« Blake rollte wieder ein Stück zurück. »Aber du musst hier sein, wenn es kein Abseits werden soll.« Wieder rollte Blake ein Stück zurück. Dabei fielen die von David fein säuberlich aufgestellten Sonnencremeflaschen wie Dominosteine in einer Reihe um. David steckte sich das runde Kaugummi in den Mund und rollte mit den Augen.

»Und das war jetzt ein Foul, oder was?« Kim kicherte. Franzi zog ihre Schwimmbad-Saisonkarte aus der Seitentasche ihres Rucksacks. »Rote Karte für Blake!«

Jetzt musste auch David lachen.
Es war Freitag, ein fantastischer Sommertag, die Sonne strahlte vom Himmel, und Katja hatte das Training für die Mädchen vorhin telefonisch abgesagt, da heute die Jungen an der Reihe waren. Im Waldschwimmbad wollten die Detektivinnen noch mal über den Fall sprechen.
»Kim, kannst du mal die Schleife fester ziehen?« Franzi deutete auf die Schnüre ihres Badeanzugs.
»Klar.« Kim stand auf. »Ist das so fest genug?«
Franzi nickte. »Wo bleibt denn Marie? Ach, guck mal, da kommt sie.« Franzi entdeckte Marie mit Oma Agnes und Maries dreijährigem Bruder Finn im Schlepptau.
»Oh, sie sieht aber nicht besonders glücklich aus«, raunte Kim Franzi zu.
»Hallo, ihr zwei! Hat euch mein Eis geschmeckt?« Oma Agnes trug ein langes Leinenkleid und hatte eine große Korbtasche dabei. Franzi hoffte, dass da kein Stockeis drin war.
»Ja, danke. Es war nicht so süß, gut für meine Figur!«, sagte Kim.
»Und für deinen Säure-Basen-Spiegel, mein Herzchen«, ergänzte Oma Agnes.
Franzi bewunderte Kim dafür, dass sie so gut lügen konnte. Sie selbst war nämlich meistens sehr direkt und musste manchmal aufpassen, ihr Gegenüber damit nicht zu verletzen.
»Zucker ist nämlich sauer, musst du wissen«, erklärte Marie, während sie aus ihren Sandalen schlüpfte und das rosafarbene Top auszog. Darunter trug sie einen türkis schimmernden

Badeanzug, der perfekt zu ihrem Metallic-Lidschatten passte.
»Und du bist zuckersüß!« Franzi grinste.
Marie seufzte. »Wenn das Holger auch so sehen würde.«
Franzi runzelte die Stirn. »Tut er doch.«
Finn nahm sich seinen Feuerwehrball und lief damit zu Blake und David. Blake schnappte sich Finn, setzte ihn auf seinen Schoß und machte ein paar rasante Drehungen mit seinem Rollstuhl. Finn kicherte. David schoss den Ball zu Blake und Finn, Blake stoppte und hielt Finn so nach unten, dass er direkt gegen den Ball treten konnte. Der Kleine schoss und traf Oma Agnes am Po.
»Jetzt ist dein Popo platt, Oma!«, rief er stolz.
Oma Agnes lächelte ihren Enkel an. »Finni, man schießt nicht auf andere Menschen.« Dann drehte sie sich zu Marie.
»Wo sind denn die Umkleiden?«
»Dahinten, bei den Schließfächern.« Marie zeigte ihr den Weg.
»Clubtreffen ade«, raunte Franzi, als Oma Agnes mit ihrem Badeanzug in der Hand Richtung Umkleiden verschwand.
Marie ließ sich entkräftet neben Franzi nieder. »Sorry, ich musste sie aus der Schusslinie holen, bevor eine Katastrophe passiert.«
»Was ist denn los?«, wollte Franzi wissen.
»Sie hat Tessa in einer Tour belehrt, dann gab es einen schlimmen Streit zwischen den beiden. Tessa ist kurz davor durchzudrehen. Sie ist richtig aggressiv geworden und hat das Eis, das Oma für uns gemacht hat, in die Mikrowelle gestellt.«

Franzi atmete erleichtert aus. Kim musste lachen.

»Da waren wieder irgendwelche Kräuter drin, die haben Feuer gefangen. Finn wollte mit seinem Feuerwehrauto löschen, aber zum Glück kam Helmut heute früher nach Hause. Er hat das Feuer dann gelöscht. Jetzt riecht es in der ganzen Villa nach verkokelter Pimpinelle.«

»Pimpinelle?« Franzi musste lachen.

»Ein Kraut, das gurkenähnlich schmeckt«, erklärte Marie und seufzte.

»Juhu, Tessa hat uns vor Gurkeneis bewahrt!«, rief Franzi.

»Das kann so echt nicht weitergehen.« Kim setzte sich im Schneidersitz neben ihre beiden Freundinnen.

»Stimmt. Nicht, dass Tessa bald die ganze Villa abfackelt.« Marie besaß in schwierigen Situationen einen bewundernswerten Galgenhumor.

Franzi nahm einen Schluck Wasser. »Im Ernst, wie kann man Oma Agnes denn klarmachen, dass Opa Herbert eine coole Socke ist?«

Kim grinste. »Er hat ein geheimes Süßigkeitenlager, das macht ihn ja schon ziemlich cool.«

»Eigentlich ergänzen die beiden sich ganz gut. Früher sind sie zusammen gerudert. Sport und gesundes Essen waren beiden immer wichtig, bis Oma Agnes sein geheimes Süßigkeitenlager entdeckt hat. Opa Herbert war Kanufahrer und hat immer bei den Stadtmeisterschaften gewonnen.«

»Wow! Toller Typ!«, entfuhr es Kim und Franzi zeitgleich.

»Das ist ja eine nette Begrüßung«, meinte Holger amüsiert,

der von den drei !!! unbemerkt dazugekommen war.
Marie freute sich riesig, ihren Freund zu sehen, setzte sich auf und schob ihre Sonnerbrille beiseite. »Schön, dich zu …« Gerade als sie aufstehen wollte, um ihm einen Kuss zu geben, sagte er: »Tschüss, Selma. Man sieht sich!«, und winkte dem dunkelhaarigen Mädchen zu, das sich weiter hinten zu seinen Freundinnen auf die Wiese legte.
Marie setzte sofort ihre Sonnenbrille wieder auf und brachte nur ein tonloses »… sehen« heraus.
Holger kniete sich zu ihr und wollte ihr einen Kuss geben, aber sie drehte ihm nur ihre Wange hin.
»Ist was?«, fragte er, aber Marie zuckte nur mit den Schultern.
Holger hatte sich vor längerer Zeit in ein Mädchen namens Selma verliebt. Damals hatte er sogar eine Beziehungspause ausgerufen, dann aber bald gemerkt, dass er nur Marie liebte, um sie gekämpft und sie zurückerobert.
»Holger, mein lieber Hellhäuter. Hast du dich schon eingecremt?« Oma Agnes war aus der Umkleide zurückgekehrt und trug jetzt einen geblümten Badeanzug.
Holger lächelte Marie an. »Cremst du mir den Rücken ein?«
»Das kann doch Selma machen«, zischte Marie, aber Holger hatte es anscheinend nicht verstanden.
»Das kann ich selber machen?«
»Genau. Selbst ist der Mann!«, sagte Franzi schnell und reichte Holger ihre Sonnencreme, ehe Marie sich dazu hinreißen ließ, noch einen eifersüchtigen Spruch zu bringen. Franzi schaute Marie vorwurfsvoll an.

Aber Marie ignorierte Franzi. »Oma, du musst unbedingt mal ins Wasser gehen. Das ist herrlich erfrischend«, sagte sie.
Oma Agnes wiegte nachdenklich ihren Kopf hin und her. »Wisst ihr, dass da ganz viel Pipi drin ist?«
»Aber es ist doch gechlort«, wendete Franzi ein.
»Da weiß man nicht, was das geringere Übel ist: das Pipi oder das Chlor.« Oma Agnes schüttelte sich. »Au!«
»Was ist?«, fragte Marie.
»Ich bin ganz schön verspannt«, antwortete Oma Agnes.
»Schwimmen ist sehr gut bei Verspannungen«, erklärte Franzi schnell.
»Na gut, danach kann ich ja duschen.« Oma Agnes stand auf und verschwand Richtung Wasser.
»Hoffentlich schwimmt sie den ganzen Nachmittag.« Marie seufzte und beobachtete Blake, David und Finn beim Ballspielen. Holger mühte sich mit der Sonnencreme ab, und als er fertig war, sprang er auf, um mitzuspielen.
»Jungs und Bälle gehören zusammen wie Marie und Nagellack.« Franzi grinste.
»Haha, sehr witzig«, maulte Marie.
»Komm, Marie, Holger ist mit dir zusammen, er will, dass du ihm den Rücken eincremst, nicht Selma.« Franzi sah ihre Freundin aufmunternd an.
»Ich kann nichts dagegen machen. Immer wenn ich sie sehe, steigt diese blöde Eifersucht in mir hoch. Am liebsten würde ich Holger auch mal eifersüchtig machen, damit er weiß, wie das ist.« Marie verschränkte trotzig ihre Arme vor der Brust.

»Mach das auf keinen Fall. Das hilft euch auch nicht weiter«, entgegnete Kim ernst.
»Und was hilft uns dann weiter?«
»Vertrauen«, sagte Franzi nachdenklich. »Aber würde es vielleicht bei Oma Agnes weiterhelfen?«
»Was meinst du?« Kim nahm die Sonnencreme und schmierte sich die Arme damit ein.
»Na ja, vielleicht könntest du behaupten, dass Opa Herbert eine Flamme hat!?«
»Und Oma Agnes eifersüchtig machen? Ist das nicht ein bisschen fies?« Marie sah ihre Freundinnen unsicher an.
Kim nickte. »So was kann total nach hinten losgehen. Lasst uns mal kurz über den Fall reden, ehe wir wieder abgelenkt werden.« Kim zog ihr Notizbuch hervor. »Also«, begann sie, während sie die richtige Seite suchte. »Pepe ist momentan unser Hauptverdächtiger. Er könnte ein Motiv für den Diebstahl haben, und zwar Eifersucht.«
»Stimmt.« Franzi setzte sich in den Schneidersitz. Sie sah zu den kickenden Jungs. David und Finn rangelten gerade um den Ball. »Was ist mit Nele? Immerhin ist Elli eine ernst zu nehmende Konkurrentin von ihr. Wobei, sie spielt eigentlich besser als Nele.«
»Ich verstehe nur gar nicht, warum Bachmann Nele dann so besonders fördert«, meinte Kim nachdenklich. »Und warum niemand etwas dagegen sagt, auch Katja nicht.«
»Anscheinend stehen die alle so unter Druck und keiner will unangenehm auffallen«, überlegte Franzi.

»Hallo, ihr drei!« Nele kam auf die drei !!! zu, die sich vielsagende Blicke zuwarfen.
Wie praktisch, dann konnten sie gleich hier und jetzt Nele unauffällig ins Verhör nehmen.
»Hallo! Willst du dich zu uns legen?« Franzi zeigte auf den freien Platz neben ihrem Badetuch.
»Ja, gerne. Eigentlich wollten Elli und ich heute zusammen herkommen. Aber der Arzt hat gesagt, dass sie ihren Fuß schonen soll.«
»Was hat sie denn?«, wollte Franzi wissen.
»Eine leichte Bänderdehnung. Die hat sie sich wahrscheinlich zugezogen, als sie über Josies Bein gestolpert und falsch aufgekommen ist. Wenn sie das Bein ruhig hält, kann es schon in ein bis zwei Wochen wieder verheilt sein.«
»Das tut bestimmt ganz schön weh«, meinte Kim mitfühlend.
»Ja, ich habe ihr gerade ihre Lieblingsschokolade gebracht. Sie ist so traurig, weil sie die Woche, bis der Scout kommt, noch nutzen wollte, um zu trainieren. Und jetzt weiß sie nicht mal, ob sie dann überhaupt antreten kann.« Nele senkte den Blick.
»Sucht der Scout eigentlich nur eine Spielerin? Oder nehmen sie auch mehrere in die Auswahlmannschaft, wenn sie gut sind?« Franzi wollte das schon immer mal fragen, aber jetzt tat sie es vorrangig deshalb, um zu testen, ob Nele Elli als Konkurrenz empfand.
»Ich glaube, die picken sich einfach die besten Spielerinnen raus. Elli ist echt gut und sie will schon lange in die Auswahlmannschaft. Ich hoffe, es klappt.«

»Und du? Willst du auch entdeckt werden?«, fragte Marie direkt.
Nele zuckte mit den Schultern. »Das will doch irgendwie jeder.«
»Echt? Ich nicht.« Franzi beobachtete Nele genau.
»Mein Vater sagt, ich soll es versuchen.«
»Kennst du diese Josie eigentlich?«, hakte Franzi vorsichtig nach.
»Ja, über Elli. Die beiden waren zusammen in der Grundschule. Elli meinte, sie ist total nett.«
Kim klappte ihr Notizbuch zu und verstaute es in ihrer Tasche. »Du glaubst also nicht, dass sie Elli absichtlich gefoult hat?«
Nele zog ihr Kleid aus. Darunter trug sie den gleichen Badeanzug, den Marie anhatte. »Keine Ahnung. Sagt mal, ist das hier ein Verhör, oder so?«
»Schöner Badeanzug. Steht dir!« Marie zwinkerte Nele zu. »Weißt du, Elli tut uns einfach nur leid. Erst verschwinden ihre Schuhe und ihr Glücksbringer, und dann dieses Foul. Aber wahrscheinlich ist es nur eine Verkettung unglücklicher Umstände.«
»Ja, wahrscheinlich … Mir tut sie auch sehr leid.« Nele sah auf ihre Sandalen, die sie noch gar nicht ausgezogen hatte. Die drei !!! verständigten sich mit Blicken und schüttelten alle unmerklich den Kopf. Franzi fühlte sich in ihrem Gefühl bestätigt, dass Nele mit der ganzen Sache nichts zu tun hatte.
»Wie findest du eigentlich Pepe? Meinst du, er ist eifersüchtig auf euch Mädchen, weil ihr so viel Aufmerksamkeit bekommt?«, fragte Marie, während sie sich einen Strohhut auf den Kopf setzte.

»Ein bisschen eifersüchtig ist er schon, aber eigentlich ist er ein lieber Kerl.« Nele winkte jemandem zu.
Franzi erkannte Pepe, der gerade über die Wiese gelaufen kam.
»Wenn man vom Teufel spricht«, raunte sie Kim und Marie zu. Mittlerweile war er fast bei ihnen angekommen.
»Willst du dich zu uns legen?« Nele zeigte neben sich.
Pepe zwinkerte den Mädchen zu. »Ich hab ein bisschen Angst vor Franzi.«
»Keine Sorge, wenn du niemanden unter Wasser tunkst, lasse ich dich in Ruhe.« Franzi lächelte Pepe an.
»Puh!« Pepe grinste, stellte seinen Rucksack ab und zupfte an seinem Badetuch, das darin war. Mit einem Ruck zog er es aus dem Rucksack und mit heraus fiel ein Nashornplüschtier. Den drei !!! stockte der Atem.
Pepe nahm das Kuscheltier überrascht in die Hand.
Marie fing sich als Erste wieder. »Das ist doch Ellis Glücksbringer. Hast du ihn etwa geklaut?«
Pepe schüttelte den Kopf. »Quatsch! Ich wusste gar nicht, dass er weg ist. Keine Ahnung, wie das Kuscheltier in meinen Rucksack gekommen ist.«
Pepe gab Franzi das Nashorn, nahm sich sein Portemonnaie und stand auf.
»Wie, und jetzt willst du einfach abhauen?« Alarmiert stand Franzi ebenfalls auf.
»Nein, ich hab Hunger und will mir Pommes holen. Mir ist nämlich auch etwas gestohlen worden.«
»Aha, und was?« Marie sah Pepe skeptisch an.

»Meine Brotbox. Und die ist mir heilig, seit unsere Kneipe beim FC Südwest geschlossen ist und man nicht mehr die legendäre Currywurst von Frau Scholz essen kann.«

Den Gegner genau beobachten

»Dass wir im Moment keinen Ort haben, an dem wir ungestört unsere Clubtreffen abhalten können, ist echt nervig.« Kim trat angestrengt in die Pedale.
Franzi, die neben ihr fuhr, nickte. »Aber glaub mir, der ganzen Lehrertruppe im Strandoutfit auf unserem Hof zu begegnen, ist wirklich nicht erstrebenswert.«
Marie nickte. »Und in der Villa ist es gerade die Hölle.«
»Das Waldschwimmbad scheidet auch aus, wie uns das Wochenende gezeigt hat. Alle Spieler vom FC Südwest gehen dahin.« Franzi blinzelte in den wolkenlosen Himmel. »Wollen wir einen kurzen Zwischenstopp im *Lomo* einlegen? Die laufen uns bestimmt nicht weg beim FC Nord. Das Training der Mädchen ist montags am späten Nachmittag.«
Kim sah auf ihre Armbanduhr. »Super, es ist erst halb drei, dann können wir noch mindestens zwei *LICKs* trinken.« Die drei !!! bogen von der Hauptstraße in Richtung ihres Stammcafés ab.

Eine Viertelstunde später saßen sie mit ihren kalten Getränken im Schatten.

»Nele hat mir übrigens gestern Abend eine Nachricht geschickt, dass Elli sich total gefreut hat, dass ihr Glücksbringer wieder da ist«, berichtete Franzi.

»Wir müssen überlegen, ob wir Pepe mal observieren sollten. Er macht sich immer verdächtiger.« Marie nahm einen Schluck von ihrem *LICK*.

»Vielleicht sollten wir erst heimlich seinen Spind durchsuchen? Oder ihm mal einen Besuch zu Hause abstatten? Womöglich finden wir da den Pokal oder andere Hinweise?«, sagte Kim.

»Oder sogar Ellis Turnschuhe. Lasst uns noch abwarten, was der Besuch bei Josie ergibt«, schlug Franzi vor.

Marie warf einen Blick auf ihre Uhr und seufzte. »Mist, jetzt ist es zu spät.«

»Wieso? Wenn wir jetzt losfahren, sind wir doch rechtzeitig beim FC Nord.« Kim suchte ihr Portemonnaie in ihrer Tasche.

Marie seufzte. »Ich hab gerade überlegt, ob ich noch etwas zu essen bestellen kann, aber das wird zu knapp. Ich träume schon von Spaghetti bolognese. Gestern gab es Knollengemüse und Hirse.«

Franzi grinste. »Klingt sehr schmackhaft.«

»Oma Agnes hat Holger dazu verdonnert mitzuessen, weil sie meinte, er bräuchte mehr Pflanzenfarbstoffe.« Marie seufzte. »Um Punkt sieben Uhr hat sie ihn dann gebeten zu gehen. Keine Ahnung, wie lange er das noch mitmacht. Nicht, dass er doch wieder zurück zu Selma will.« Marie trank den letzten

Rest ihres *LICKs.* »Ich hab Opa Herbert angerufen und mal ausgelotet, wie er so zu den Dingen steht. Er ist gar nicht mehr so sauer auf Oma Agnes. Wir haben zusammen überlegt, wie man Oma Agnes milder stimmen könnte, und da hatte ich die Idee: Er macht jetzt einen Kochkurs für Vegetarier. Obwohl er auch gerne Fleisch isst. Ich hab ihn online angemeldet«, erzählte Marie. »Und Oma Agnes hab ich ganz nebenbei davon erzählt.«
»Genial!« Kim strahlte. »Wie hat sie reagiert?«
»Sie wollte es nicht so richtig zugeben, aber ich glaube, sie fand es ganz interessant. Als ich dann auch noch gesagt habe, dass Opa Herbert sein Süßigkeitenlager entsorgt hat, wurde sie nachdenklich.«
»Sehr gut!«, stellte Franzi fest.
Marie wiegte den Kopf hin und her. »Mal abwarten.«

Eine halbe Stunde später betraten die drei Detektivinnen den Fußballplatz des FC Nord, wo gerade das Training der Mädchen stattfand. Franzi sah sich nach Josie um und entdeckte sie weiter hinten am Tor, wo sie sich gerade dehnte.
»Kommt, wir starten einen Frontalangriff!« Franzi marschierte entschlossen los.
»Ich fass es nicht. Seid ihr nicht *Die drei !!!* ?« Ein Mädchen kam auf die drei Detektivinnen zugelaufen. Ihr offenes Lächeln legte ihre Zahnspange frei. Franzi schätzte sie auf zehn oder elf.
»Ja, das sind wir.« Franzi ließ Josie, die sich gerade auf den Weg zu den Umkleiden machte, nicht aus den Augen.

»Wow, ich hab über euch schon ein paarmal in der Zeitung gelesen. Ich will auch einen Detektivclub gründen, aber meine Schwester Josie meint, ich bin nicht mutig genug.«
Franzi wurde hellhörig. »Und wie heißt du?«
»Frida. Seid ihr wegen dem Mann hier, der vorgestern mit ein paar Mädchen aus Josies Mannschaft gesprochen hat?«
Franzi, Kim und Marie sahen sich an.
»Ja, genau, woher weißt du davon?« Franzi beobachtete Frida. Sie zögerte.
»Du kannst bestimmt sehr mutig sein«, meinte Marie aufmunternd. »Erzähl uns gerne alles, was du weißt, Frida, wir verraten es auch niemandem.«
»Du kannst uns wirklich vertrauen«, bestätigte Kim.
Frida überlegte kurz, aber dann platzte es aus ihr heraus: »Ein Mann hat Josie und den anderen Geld geboten, wenn sie ein Mädchen aus dem FC Südwest foulen.«
»Hast du ihn gesehen?«, wollte Kim wissen.
»Nein, das Gespräch fand dahinten statt.« Sie zeigte auf eine Mauer. »Ich stand dahinter und habe heimlich gelauscht.«
»Du musst kein schlechtes Gewissen haben«, beruhigte Franzi das Mädchen.
»Schlechtes Gewissen? Worüber sprecht ihr denn gerade?« Josie war dazugekommen und sah fragend in die Runde. »Wart ihr nicht neulich auf dem Fußballplatz beim FC Südwest?«
»Genau. Da, wo du Elli absichtlich gefoult hast.« Maries Stimme klang provozierend.

»So ein Quatsch! Das gehört beim Fußball dazu, dass man sich mal verletzt. Aber das weiß so eine Primaballerina wie du wahrscheinlich nicht.«
Franzi sah, wie Maries Wangen sich rötlich verfärbten. Ihre Freundin mochte es überhaupt nicht, einfach abgestempelt zu werden, versuchte aber, ruhig zu bleiben. »Ich verstehe nicht, warum du mich jetzt persönlich angreifst.«
»Josie, das sind *Die drei !!!*. Ich hab ihnen erzählt, dass ein Mann euch vorgestern viel Geld angeboten hat«, schaltete Frida sich ein.
»Woher weißt du das?« Josie funkelte ihre kleine Schwester an.
»Detektivinneninstinkt«, sagte Frida nur.
»Gut gekontert.« Franzi lächelte Frida an. Als ihr Blick auf Josies Schuhe fiel, gefror ihr Lächeln sofort. »Sind die neu?«
»Ja, wieso?!« Josie bückte sich und zog die Schnürsenkel fest.
»Darf ich fragen, wo du sie herhast?«
»Ja. Die hat mein Vater mir gekauft.«
Franzi bemerkte, dass Frida überrascht guckte.
Kim zog die Augenbrauen zusammen. »Komisch, Elli hat sich letzte Woche genau solche Schuhe gekauft und noch vor dem Freundschaftsspiel mit euch waren sie plötzlich verschwunden.«
»Willst du damit sagen, dass ich sie geklaut habe? Du spinnst ja! Das sind einfach gute Schuhe. Und wenn du's genau wissen willst: Elli hat eine ganz andere Größe als ich.«
»Welche hast du, wenn ich fragen darf?« Franzi betrachtete die Schuhe genau. Sie sahen ziemlich groß aus.

»Ich hab 40.« Sie zeigte den Detektivinnen die Unterseite ihrer Schuhe, auf denen die Zahl 40 zu erkennen war.
»Stimmt, Elli hat 38. Aber woher weißt du das?«, wunderte Franzi sich.
»Sie hatte in der Grundschule schon immer viel kleinere Füße als ich. Und der Typ, ja, der war hier. Aber ich hab das Geld nicht genommen. Dass Elli und ich zusammengestoßen sind, war ein blöder Zufall, sonst nichts.«
»Was hat er dir denn geboten?«, hakte Marie nach.
»Hundert Euro, wenn sie Elli so foult, dass die erst mal ausfällt«, schaltete Frida sich ein.
Kim wühlte in ihrer Tasche. »Wisst ihr, wie er heißt?« Josie und Frida schüttelten den Kopf.
»Und wie sah er aus?« Kim zog ihr Notizbuch und einen Bleistift aus ihrer Tasche.
Josie überlegte kurz, dann fiel es ihr wieder ein. »Er hatte einen grünen Jogginganzug an und lange Haare.«
Kim notierte etwas in ihr Notizbuch. »Ist dir sonst noch was aufgefallen?«
»Nein, eigentlich nicht. Ist euer Verhör jetzt zu Ende?« Franzi erinnerte sich sofort an den Mann, den sie bei dem Spiel auf der Tribüne gesehen hatte. »Und du willst behaupten, dass du das Geld nicht genommen hast?«
Josie hielt Franzis Blick stand. »Ob ihr es mir glaubt oder nicht, es war Zufall.«
»Und warum hast du dann niemandem von dem Typen erzählt?«, fragte Marie.

»Er hat mir gedroht, dass ich aus dem Verein fliege, wenn ich jemandem von ihm erzähle«, rückte Josie mit der Sprache raus. »Bitte versprecht mir, dass ihr das alles für euch behaltet.« Josie sah die drei !!! unsicher an.
»Wir sind sehr diskret«, erklärte Marie. »Und du versprichst uns, nett zu deiner Schwester zu sein.«
Frida grinste Josie an.
Josie lächelte zurück. »Na gut!«

Superheldendetektive

»Was gab es denn so Wichtiges, das ihr mir nicht am Telefon sagen konntet?« Kim eilte, gefolgt von Franzi und Marie, zu ihren Brüdern, die sie schon aufgeregt am Eingang des FC Südwest erwarteten.

»Wir haben Rocky durchschaut«, verkündete Lukas stolz.

»Aha.« Kim sah ihre Brüder verständnislos an.

»Was habt ihr denn durchschaut?«, wollte Franzi wissen.

»Also, er isst gerne Würstchen«, begann Ben.

»Ach nee!« Marie musste lachen.

»Die gleichen, die Pepe auch immer isst«, fuhr Lukas fort.

»Jetzt wird es interessant!«, stellte Kim anerkennend fest. Lukas begann zu erzählen. »Dank Pablo kennen wir uns ja bestens mit Hundewünschen aus. Wir haben Fährten gelegt und …«

»Moment mal kurz, wie seid ihr überhaupt auf die Idee gekommen?«, unterbrach Kim ihren Bruder.

»Wir haben am Freitag im Waldschwimmbad mitbekommen, dass Ellis Kuscheltier aus Pepes Tasche gefallen ist«, berichtete Ben.

»Ich wusste gar nicht, dass ihr auch da wart«, wunderte sich Franzi.
»Tja, Superheldendetektive können sich sogar unsichtbar machen«, erklärte Lukas. »Wollt ihr wissen, wie es weitergeht?«
Die drei !!! nickten.
»Wir haben ein Kuscheltier in meine Tasche gelegt und eine Brotbox mit Würstchen in Bens Tasche. Zuerst haben wir Rocky die Tasche mit dem Kuscheltier gezeigt. Das hat er sich sofort geschnappt.« Lukas hielt einen Plüschhasen hoch.
»Hey, das ist ja mein Hasilo von früher.« Kim nahm ihrem Bruder das Stofftier ab. »Woher habt ihr den? Wart ihr etwa unerlaubt an der Schatzkiste unter meinem Bett?«
»Es diente nur den Ermittlungen«, erklärte Ben fachmännisch. »Als wir ihm dann die Tasche mit der Würstchenbox gezeigt haben, hat Rocky sich die Box geschnappt und das Kuscheltier liegen lassen.«
»Ziemlich clever.« So nervig Kims Zwillingsbrüder manchmal waren, irgendwie fand Franzi sie auch süß.
»Also hat Pepe Ellis Nashorn gar nicht geklaut, sondern Rocky!«, schlussfolgerte Kim.
»Exakt!« Ben nickte stolz.
»Und dann hat er in Pepes Tasche die Butterbrotdose mit den Würstchen gefunden, mitgenommen und das Kuscheltier darin liegen lassen.« Lukas holte Pepes Butterbrotdose aus seinem Rucksack. »Die haben wir nämlich in Rockys Körbchen gefunden. Unter seiner Kuscheldecke.«

»Nicht schlecht, ihr zwei. Damit ist euer Einsatz jetzt aber beendet, okay?!« Marie klopfte den beiden anerkennend auf die Schultern.
»Hey, so geht man nicht mit Superheldendetektiven um!«, motzte Lukas beleidigt.
»Außerdem wissen wir, dass im Trainerbüro eingebrochen wurde. Superheldendetektivinstinkt!« Ben verschränkte die Arme vor der Brust.
Kim verdrehte die Augen. »Was wollt ihr denn?«
»Wissen, wie euer nächster Schritt aussieht«, forderte Ben.
»Okay, aber es ist alles strengstens geheim. Ihr sprecht mit niemandem ein Wort darüber. Auch nicht mit Mama und Papa!« Mit ernstem Blick sah Kim ihre Brüder an.
»Ich schwöre«, sagte Ben ernst und hielt Zeigefinger und Mittelfinger nach oben.
»Ich auch«, erklärte Lukas.
»Warum war Rocky bloß im Geräteraum eingesperrt?« Franzi spielte nachdenklich mit einem ihrer roten Zöpfchen. »Da gab es doch weder Würstchen noch Kuscheltiere zu holen.«
»Aber vielleicht kann man da etwas verstecken?« Kim riss aufgeregt die Augen auf.
»Wir sollten schnellstens nachsehen.« Franzi betrat den Fußballplatz, auf dem gerade das Training der Jungenmannschaft in vollem Gange war. Die anderen folgten ihr.
»Ben, warum warst du denn heute nicht beim Training?« Jan Bachmann kam auf sie zu.

»Ich hab zu tun gehabt«, erklärte Ben selbstbewusst.
»Er musste noch was für die Schule machen«, mischte sich Kim schnell ein. »Ben ist mein kleiner Bruder.«
Bachmann war überrascht. »Ach, das wusste ich ja noch gar nicht.«
»Können wir mal kurz den Schlüssel zur Ballkammer haben?«, flüsterte Franzi Bachmann zu. »Wir haben eine Spur.«
Etwas widerwillig zog der Trainer den Schlüssel aus der Hosentasche seiner kurzen Hose. »Wir machen gleich noch ein Spiel. Altersgemischt, Jungs gegen Mädchen. Ich bin heute allein, Katja hat einen Termin. Beeilt euch also.«
»Machen wir.« Franzi nahm den Schlüssel. Gemeinsam verschwanden die drei !!! und die Superheldendetektive im Vereinsheim. Franzi öffnete den Geräteraum und alle quetschten sich hinein.
»Was suchen wir hier eigentlich?«, wollte Lukas wissen, während er einen alten Fußball aus dem Regal nahm.
Dadurch kam Bewegung in mehrere Bälle, die gleichzeitig aus dem Regal rollten. Einer fiel Kim auf den Kopf, die anderen duckten sich rechtzeitig weg.
Franzi lachte. »Ich dachte, du duckst dich immer weg, wenn ein Ball kommt.«
»Haha, sehr witzig.« Kims Blick blieb am obersten Regalbrett hängen. »Da oben ist was. Kann mal einer Räuberleiter machen?«
Franzi hielt Kim ihre beiden Hände hin. Sie stieg darauf und konnte nun sehen, was auf dem obersten Regalbrett stand.

»Der Pokal! Jemand hat ihn hier versteckt.« Vorsichtig hob sie den Pokal von oben herunter, schaute ihn kurz von allen Seiten an und reichte ihn nach unten zu Marie. Dann stieg sie von Franzis Hand.
»Ui, der ist ganz schön schwer. Wir müssen aufpassen, dass wir nicht zu viele Fingerabdrücke darauf hinterlassen.« Marie stellte den Pokal auf den Boden.
»Den müssen wir sofort untersuchen.« Kim zog eine kleine Schachtel aus ihrer Tasche. Sie öffnete sie, nahm einen Pinsel und ein Döschen Grafitpulver heraus und zog sich Einmalhandschuhe an. Dann pinselte sie den Griff des Pokals ein. Zum Vorschein kamen ein paar Fingerabdrücke.
»Das sieht ja ganz vielversprechend aus«, stellte Franzi fest.
»Könnt ihr mir mal Klebeband und mein Notizbuch geben?« Kim hielt den Pokal fest, während Franzi das Klebeband auf die Fingerabdrücke klebte.
Ben fischte das Notizbuch seiner Schwester aus deren Tasche und reichte es Marie.
»Iiihhh, hier ist was.« Mit spitzen Fingern zog Kim etwas Klebriges vom Griff des Pokals ab.
»Wartet mal, das ist Kaugummi.« Franzi zog das Klebeband von dem Pokal ab und reichte es Marie. Dann suchte sie in ihrem Rucksack die Taschentuchtüte mit dem Kaugummi, das im Trainerbüro im Mülleimer gelegen hatte. »Das ist die gleiche Sorte. Ist beides gelb und …«, sie roch vorsichtig an der Tüte und an dem Kaugummirest an Kims Hand, »… riecht auch gleich.«

»Wir suchen also jemanden, der gerne gelbes Kaugummi kaut«, sagte Marie, während sie die Klebestreifen mit den Fingerabdrücken in Kims Notizbuch klebte.
Franzi beobachtete, wie Ben erschrak. »Ist irgendwas?« Kims Bruder überlegte kurz und öffnete dann seinen Mund. Zwischen seinen Zähnen steckte ein gelbes Kaugummi. »Ich war es aber nicht«, sagte er dann schnell. »Ich hab das Kaugummi von Milan.«
»Milan?«, riefen die drei !!! gleichzeitig.

»Franzi und Ben! Na endlich!« Bachmann wies den beiden ihre Spielposition zu. »So, wir spielen zweimal dreißig Minuten.«
Franzi zog sich noch schnell Stefans Stollenschuhe an und lief dann auf den Platz. Sie stellte sich in Milans Nähe, der gerade mit Pepe sprach. »Die Mädels sind schon nach zehn Minuten total platt.« Milan lachte. Pepe grinste leicht gequält. Wie hatte Franzi denken können, dass Pepe es war, der das Geld gestohlen hatte? Er wirkte eigentlich ganz nett und auf ihre Menschenkenntnis war sonst immer Verlass. Milan war einfach so unauffällig gewesen, aber ihre Detektivinnenkenntnis hätte ihr doch sagen müssen, dass das überhaupt nichts hieß. Durch einen lauten Pfiff wurde sie aus ihren Gedanken gerissen. Franzi lief los, kam mühelos in den Besitz des Balls und passte ihn zu Nele, die damit zum Tor raste. Aber da hatte sie die Rechnung ohne Milan und Pepe gemacht, denn den beiden gelang es, ihr den Ball abzunehmen und auf das Tor der

Mädchen zu schießen. Die Torfrau hielt. Franzi und Nele klatschten sich ab.
Als Milan wieder im Ballbesitz war, rannte Franzi auf ihn zu. Er grinste sie an. »Du kriegst mich nicht.«
Franzi grätschte geschickt nach dem Ball und schaffte es so, ihn Milan abzunehmen. »Du bist ins Trainerbüro eingebrochen!«, zischte sie Milan zu, der wie versteinert stehen blieb. Franzi raste an ihm vorbei, passte den Ball zu Nele, und die schoss ihn ins Tor. Der Torwart war machtlos, der Ball war drin. Elli, Andreas Dietrich und Kim und Marie jubelten. Das Spiel ging weiter. Und es ging gut weiter. Die Mädchen waren den Jungen überlegen.
Elli, die neben Neles Vater in der ersten Reihe saß, ihren Fuß hochgelegt hatte und mit einem Strohhalm einen Fruchtsmoothie trank, feuerte Nele und Franzi weiter an. Franzi entdeckte Bachmann, der sich am Spielfeldrand mit einem Mann unterhielt. Er wirkte nervös, und als Franzi genauer hinsah, erkannte sie in seinem Gesprächspartner den Mann, den Josie ihnen als Erpresser beschrieben hatte. Dieses Mal trug er einen blauen Jogginganzug. Die beiden Männer flüsterten aufgebracht. Franzi suchte Blickkontakt mit Kim und Marie und gab ihnen Zeichen, dass sie sich den Männern nähern sollten. Milan kam ihre kurze Abwesenheit gerade recht. Kurz darauf hatte er ihr den Ball abgenommen.
»Du kannst mir nichts beweisen.«
»Wart's ab«, raunte Franzi ihm zu und konzentrierte sich nun wieder voll auf das Spiel.

Als sie das nächste Mal zu ihren beiden Freundinnen guckte, waren die gefährlich nah an Bachmann und dem Jogginganzugmann dran. Erschrocken stellte Franzi fest, dass Bachmann die beiden bemerkt hatte und sie irritiert ansah. Marie schaltete blitzschnell und fing an, wie ein Cheerleader zu tanzen und Franzi anzufeuern. Sie stupste Kim von der Seite an und auch Kim fing widerwillig an herumzuhopsen. Marie war zwar eher eine klassische Balletttänzerin, aber sie hatte schon bei früheren Ermittlungen einen Hip-Hop-Tanzworkshop bei dem bekannten Tanzlehrer Bodo B. Boost erfolgreich gemeistert. Dass Kim auch Talent hatte, hatte sie dort ebenfalls bewiesen.
Bachmann schüttelte den Kopf und redete dann weiter mit dem Jogginganzugmann. Franzi atmete erleichtert auf, Maries Improvisationstalent war mal wieder Gold wert, denn Bachmann hatte keinen Verdacht geschöpft.
Pepe und ein paar andere ältere Jungen aus seiner Mannschaft hörten auf zu spielen und klatschten und feuerten nun Kim und Marie an. Im selben Moment kam Holger auf das Trainingsgelände. Er hielt nach Marie Ausschau und entdeckte sie schnell. Verwundert beobachtete er seine Freundin, die augenscheinlich ziemlich viel Spaß an der ganzen Aufmerksamkeit hatte, die ihr zuteilwurde.
Franzi sah von Holger wieder zu Bachmann, der sich gerade von dem Mann im Jogginganzug verabschiedete.
Franzi und Kim tauschten alarmierte Blicke.
Franzi entschied, schnell zu handeln. Sie lief zu Bachmann.

»Mir ist plötzlich ganz schlecht. Ich geh mal zur Toilette.«
»Okay. Soll jemand mitkommen?« Bachmann sah so aus, als wäre ihm ebenfalls schlecht.
»Meine Freundin kommt mit.« Franzi gab Kim ein Zeichen und gemeinsam liefen sie los. Franzi drehte sich noch einmal um, aber niemand außer Marie schaute ihnen nach. Sie konnten unbemerkt die Verfolgung des Jogginganzugmannes aufnehmen. Er sprang in ein schwarzes Cabriolet und startete den Motor. Kim und Franzi hechteten zu ihren Rädern. Zum Glück hatten sie vorhin in der Eile vergessen, sie anzuschließen. Kim und Franzi setzten ihre Helme auf und fuhren los. Das Cabriolet bog gerade vom Parkplatz auf die Hauptstraße.
»Der hat doch bestimmt zweihundert PS«, keuchte Kim nach ein paar Metern.
»Wir sind in der Innenstadt, da kann der doch gar nicht so rasen.« Franzi schaltete in einen höheren Gang und trat mit ganzer Kraft in die Pedale.
Kim stöhnte.
Plötzlich bremste das Auto ab. Franzi erschrak. Was, wenn er sie im Rückspiegel gesehen hatte?
Der Fahrer fuhr rechts ran und schaltete den Motor aus. Dann sprang er aus seinem Auto. Franzis Herz pochte wild.
»Was machen wir denn jetzt?«, flüsterte Kim panisch.
»Einfach dran vorbeifahren«, raunte Franzi Kim zu.
Die beiden Mädchen kamen dem Mann immer näher. Franzi dachte über eine Ausrede nach, irgendwas, was sie ihm sagen konnten, wenn er sie gleich auf die Verfolgung ansprechen

würde.
Aber er setzte seinen Weg fort. Er ging über die Straße, schnurstracks auf eine Tür zu. Gerade als die Detektivinnen an ihm vorbeifuhren, betrat er das Haus. Franzi atmete auf und Kim seufzte erleichtert. Die beiden fuhren noch ein paar Meter weiter und hielten dann an, um sich verstohlen umzublicken. Der Mann war in einer Bar verschwunden. *Sportwetten ab 18. Inhaber: René Don*, stand an dem verdunkelten Fenster.
Kim überlegte. »Bachmann hat den Mann vorhin René genannt.«
»Wir müssen da rein.« Franzi sah an sich herunter. Sie trug Sportkleidung und Stollenschuhe und Kim ein geringeltes Sommerkleid. »Dafür brauchen wir Marie!«

Als Franzi und Kim wieder von der Hauptstraße auf den Parkplatz des Vereins abbogen, entdeckten sie Marie, die auf einer kleinen Mauer saß. »Habt ihr ihn geschnappt?«
»Nicht ganz. Er ist in einer Sportwettenbar mit Eintritt ab 18 verschwunden.« Franzi sah Marie aufmerksam an. »Was ist bei dir los?«
»Holger findet es albern, dass ich so einen Affentanz machen muss, nur damit andere Typen mich gut finden.« Maries Augen füllten sich mit Tränen.
»Hat er wirklich Affentanz gesagt?«, fragte Kim aufgebracht. Marie nickte traurig.
»So eine Frechheit. Das war eine super Showeinlage!« Franzi zog ein Taschentuch aus ihrer Tasche und reichte es Marie.

»Er hat mir nicht geglaubt, dass ich es nur gemacht habe, damit wir nicht entlarvt werden.« Marie wischte die Tränen unter ihren Augen weg. »Und ja, manche der Fußballer sind echt süß, und ich habe mich auch gefreut, als sie applaudiert haben, aber ich will doch nur Holger.«
Kim setzte sich dazu und legte ihren Arm um Marie. »Er ist eifersüchtig, da sagt man manchmal blöde Sachen!«
Marie sah Kim und Franzi überrascht an. »Meint ihr wirklich?«
Franzi und Kim nickten.
»Oh nein, das ist ja nervig.« Franzi nickte noch deutlicher.
»Ja, ich verstehe schon. Eifersucht ist nervig.«
Auch Kim nickte wieder. »Vor allem wenn sie unbegründet ist.«
»Okay, dann versuche ich jetzt, die blöde Eifersucht auf Selma zu unterdrücken.«
»Du musst sie gar nicht unterdrücken. Du musst einfach nicht eifersüchtig sein. Er liebt nur dich. Das hast du doch eben gemerkt.« Kim zwinkerte Marie zu, die sie dankbar anlächelte.
»Aber er muss sich wohl daran gewöhnen, dass er mit einer leidenschaftlichen Tänzerin zusammen ist.« Franzi lächelte.
»Und wenn das jetzt auch geklärt ist, würde ich gerne Milan dingfest machen.« Franzi hielt ihren Freundinnen ihre Hand entgegen. Die verstanden sofort und streckten ihre Arme aus. Sie legten ihre Hände übereinander und riefen leise im Chor: »Die drei !!!.« »Eins!«, sagte Franzi. »Zwei!«, folgte Kim, und »Drei!« rief Marie. Dann rissen alle drei die Arme in die

Höhe und riefen: »Power!!!«
Franzi merkte, wie eine Energiewelle durch ihren Köper strömte. Sie waren die drei !!! und würden den Fall jetzt lösen. Gut gelaunt marschierten sie zurück auf den Platz, wo das Spiel gerade zu Ende war. Katja kam auf sie zu und ging an Franzi vorbei. »Na, habt ihr gewonnen?«
Ehe Franzi antworten konnte, mischte sich Milan ein.
»Ha, denen haben wir es gezeigt!« Milan klatschte Pepe ab. Franzi entschied, aufs Ganze zu gehen. Sie lief direkt auf Milan zu. »Besser, du gestehst gleich, dass du ins Trainerbüro eingebrochen bist. Wir haben deine Fingerabdrücke und das Kaugummi, das du in den Mülleimer geworfen hast. Die Polizei ermittelt auch schon. Du hast keine Chance.«

Treffer

Milan schluckte.

Pepe sah seinen Kumpel überrascht an. »Du hast was?«

»Ich wollte die Mädels mal ein bisschen ärgern. Na und?!« Milan verschränkte die Arme vor der Brust.

Franzi war froh, dass sie richtiggelegen hatte, denn sie hatten die Fingerabdrücke vom Pokal ja Milan noch gar nicht zugeordnet. Allerdings hatte das gelbe Kaugummi auch schon Bände gesprochen.

»Du spinnst ja!« Pepe tippte sich mit dem Zeigefinger gegen die Stirn. »Warum denn?«

Bachmann hatte den Auflauf bemerkt und kam dazu. »Ist was?«

»Wir haben den Täter«, verkündete Franzi und musste niesen.

»Und wer war es?« Bachmann sah die drei Detektivinnen gespannt an.

Franzi wartete ab und blickte Milan durchdringend an.

»Ich war es«, sagte der Junge kleinlaut.

Bachmann schien das nicht zu glauben. »Was?«

»Seit es die Mädchenmannschaft gibt, geht es nur noch um sie. Und jetzt ist Thommy krank und du trainierst nur die Mädchen.« Milan sah Bachmann provozierend an.
Der schlug die Hände über dem Kopf zusammen. »Aber das ist doch kein Grund, Geld für Trikots zu klauen.«
»Der Pokal ist übrigens wieder aufgetaucht. Er hat ihn in der Ballkammer versteckt und dabei aus Versehen Rocky eingesperrt«, erklärte Marie.
»Mensch, Milan, das gibt es doch nicht.« Katja legte ihm die Hand auf die Schulter. »Rede doch mit uns. Das hast du doch nicht nötig.«
Bachmann massierte sich die Schläfen. »Wir haben die Polizei eingeschaltet, was sage ich denen denn jetzt?«
Milan hielt seine Hände nach oben, so als würde er gleich festgenommen werden. »Es tut mir leid, Coach. Ich hab echt Mist gebaut.« Milan sah den Trainer schuldbewusst an.
Bachmann überlegte. »Okay, wenn du das Geld zurückgibst und deinen Fehler einsiehst, nehme ich die Anzeige gegen unbekannt bei der Polizei zurück.«
Milan atmete erleichtert aus. »Danke!«
»Und wie bist du an Herrn Bachmanns Schlüssel gekommen?«, fragte Kim.
»Ich hab ihn mir schnell aus der Jacke genommen und dann wieder zurückgelegt. Seht ihr, hier bekommt niemand mehr was mit, wenn die Mädels spielen.« Milan grinste schief.
Marie klopfte sich gegen die Stirn. »Jetzt verstehe ich, warum da keine Fingerabdrücke an der Tür waren. Du hattest Tor-

warthandschuhe an. Aber als du den Pokal versteckt hast, musstest du sie kurz ausziehen.«

Milan nickte. »Clever. Eigentlich spiele ich sogar ganz gern mit euch Mädels, ihr geht da strategischer ran und seid nicht so brutal.«

Genau in diesem Moment kam Elli angehumpelt.

»Na ja, meistens jedenfalls«, ergänzte Pepe und zeigte mitleidig auf Ellis Verband am Fuß. »Tut mir übrigens leid, dass ich dich neulich im Schwimmbad untergetaucht habe. Wahrscheinlich war ich auch ein bisschen eifersüchtig.«

»Warum das denn?« Elli ließ sich von Franzi dabei helfen, sich hinzusetzen.

»Weil ihr Mädchen so vorrangig behandelt werdet.«

Das ärgerte Bachmann. »Jetzt mal halblang. Nur weil Thommy nicht da ist und Katja und ich nicht alles gleichzeitig machen können, müsst ihr euch ja nicht aufführen wie Bekloppte.«

»Sie sehen es ja ha-ha-ha-tschi ein.« Franzi musste schon wieder niesen. Dieses ständige Geniese machte Durst. »Hat jemand was zu trinken?« Franzi nieste wieder. Elli kramte den Smoothie von Dietrich aus ihrer Tasche. »Hier, ist superlecker!«

Franzi trank ein paar Schlucke. »Danke!«

»Und jetzt raus mit der Sprache: Wer hat Ellis Schuhe geklaut?« Bachmann sah die beiden Jungen streng an.

»Keine Ahnung.« Milan schüttelte den Kopf und Pepe zuckte mit den Schultern.

»Ich glaube ihnen. Sie haben die Schuhe nicht.« Kim ließ sich in der Mädchenumkleide auf einer Bank nieder.
Franzi musste schon wieder niesen. Sie fischte ein Taschentuch aus ihrer Tasche und putzte sich die Nase.
»Gut, dass Nele Elli zum Arzt begleitet. Hoffentlich kann sie übermorgen antreten, wenn der Scout kommt.« Kim fächelte sich mit ihrem Notizbuch Luft zu.
»So, und jetzt erzählt mal: Was gibt es Neues vom Jogginganzugmann?«, flüsterte Marie und lehnte sich an einem Spind an, aber die Tür war nicht richtig zu. Maries Blick fiel in den Schrank. Darin lag eine Hundedecke, unter der etwas hervorlugte. »Guckt mal, ist das Katjas Spind? Ich glaube, unter der Decke stehen Ellis Schuhe«, stellte sie überrascht fest.
»Die hat bestimmt Rocky da reingelegt.« Katja, eingehüllt in ein großes Duschhandtuch, stand plötzlich neben den drei Mädchen, die sie überrascht anguckten.
Franzi prustete los. »Rocky wird Marie immer ähnlicher. Er hat nicht nur blonde Haare, sondern auch eine Schwäche für Schuhe!«
Kim und Marie fingen an zu lachen.
»Ja, und Würstchen mögen wir auch beide«, sagte Marie. Katja lächelte und zog sich an, während Franzi in der Dusche verschwand.

Als auch Franzi mit Duschen fertig war, standen die drei !!! mit Katja auf dem Platz.
Bachmann kam dazu. »Milan hat das Geld zurückgegeben.«

»Ellis neue Schuhe sind auch gerade wieder aufgetaucht. Rocky hat sie in Katjas Spind gelegt«, erklärte Franzi dem Trainer.
Bachmanns Miene hellte sich auf. »Tolle Arbeit, Mädels! Danke!«
Katja hielt die Schuhe hoch. »Rocky, bei Fuß.« Schwanzwedelnd kam der kleine Hund angelaufen. »So, du Schlawiner, die Schuhe bringen wir jetzt zu Elli.« Katja verabschiedete sich und ging.
»Dann habt ihr den Fall ja gelöst. Super! Ganz herzlichen Dank. Ich werde Kommissar Peters informieren, dass die verschwundenen Gegenstände wieder aufgetaucht sind.« Bachmann reichte den Detektivinnen nacheinander die Hand.
»Franzi, hast du dich schon entschieden, ob du in unseren Verein kommen möchtest?«
In Franzi ratterte es. Bachmann schien ein Geheimnis zu haben. Was hatte er mit dem Jogginganzugmann zu tun? Wusste er davon, dass die Mädchen aus der gegnerischen Mannschaft bestochen worden waren? »Ich freue mich auch, dass wir den Fall gelöst haben. Ein bisschen Bedenkzeit brauche ich noch. Kann ich so lange weitertrainieren?« Bachmann nickte, er schien in Gedanken zu sein. »Okay.« Marie und Kim hielten hinter seinem Rücken beide einen Daumen nach oben.
»Entschuldigt mich, ich hab noch zu tun.« Bachmann winkte in die Runde und verschwand im Trainerbüro.
Die drei Detektivinnen setzten sich in den Schatten der großen Linde am Rand des Fußballfeldes. Franzis Nase kitzelte. Sie

dachte, sie müsste gleich wieder niesen, aber dann war der Niesreflex weg. »Warum war Holger eigentlich vorhin da?«
Marie zuckte mit den Schultern. »Keine Ahnung. Vielleicht einfach nur so, weil er Sehnsucht nach mir hatte?« Maries Augen leuchteten. »Wie findet Blake es eigentlich, dass du in den letzten Tagen so viel auf dem Fußballplatz abhängst? Ist er eifersüchtig?«
»Ich glaube, er freut sich einfach für mich, dass ich anscheinend ganz gut Fußball spielen kann.« Franzi lächelte bescheiden.
»*Anscheinend ganz gut*? Du bist ein Crack!«, meinte Kim.
»Super, dass du so gut bist und Bachmann dich im Verein haben will, dann können wir noch weiterermitteln, ohne dass jemand Verdacht schöpft.«
»Stimmt, aber jetzt erzählt doch mal endlich vom Jogginganzugmann.« Marie pflückte eine Pusteblume.
»Er ist in einer Bar für Sportwetten verschwunden und ist der Inhaber. Eintritt ab 18«, erklärte Franzi.
»Okay, dann weiß ich, was wir morgen machen.« Marie grinste und blies gegen die Pusteblume.

Detektivtagebuch von Kim Jülich
Mittwoch, 21:50 Uhr

Wir haben mal wieder einen Dieb dingfest gemacht. Milan hat den Pokal und das Geld für die Trikots der Mädchenmannschaft aus dem Trainerbüro geklaut, weil er eifersüchtig darauf war, dass die Mädchen so gefördert wurden und er nicht. Und als er den Pokal im Geräteraum versteckt hat, hat er aus Versehen Rocky mit eingeschlossen. Den hatte er vorher mit einem Würstchen bestochen. Dass wir darauf gekommen sind, haben wir auch meinen Brüdern zu verdanken, denn die Superheldendetektive haben sich tatsächlich mal wieder nicht ganz blöd angestellt.

Mir tut es leid, dass wir die ganze Zeit Pepe verdächtigt haben. Aber dass er Elli so unter Wasser getunkt hat, war echt nicht okay und hat ihn ganz schön verdächtig gemacht.

Bachmann hat uns sehr freundlich dafür gedankt, dass wir den Fall gelöst haben. Wenn der wüsste! Wenn wir nicht mitbekommen hätten, wie er mit dem Jogginganzugmann gesprochen hat, und wenn Josie den nicht als möglichen Erpresser beschrieben hätte, dann hätte ich ihm sogar geglaubt, dass wir den Fall erfolgreich gelöst haben. Durch unseren Spürsinn und unsere feinen Antennen haben wir aber sofort gemerkt, dass er uns jetzt nur schnell loswerden will, weil er noch etwas verbirgt. Was weiß er über die Bestechnung von Josie? Ist es tatsächlich der Jogginganzugmann? Wir haben jetzt zwar einige Verdächtige, aber keinen konkreten Fall. Bis jetzt wissen wir nur von der versuchten Bestechung, aber wir wissen nicht genau, wer es war und ob Josie das Geld angenommen hat. Das macht es besonders knifflig. Es sieht aber so aus, als wollte jemand der Mädchenmannschaft schaden. Oder nur Elli?

Unser nächster Schritt sieht so aus: Marie wird uns auf älter schminken und passende Outfits aus ihrem Kleiderschrank heraussuchen. Und dann werden wir hoffentlich kein Problem haben, in die Sportwettenbar hereinzukommen, um den Jogginganzugmann unter die Lupe zu nehmen. Das wird bestimmt spannend. Hoffentlich finden wir dann auch heraus, was Bachmann mit dem Typen zu tun hat.

Da wir neutral bleiben und allen Spuren nachgehen müssen, werden wir auch Katja ins Visier nehmen. Immerhin waren die Schuhe in ihrem Schrank. Obwohl wir glauben, dass es Rocky war, können wir natürlich nicht ganz sicher sein. Meine Internet-

recherche zu Katja hat allerdings rein gar nichts ergeben und auch sonst finden wir nichts, was sie irgendwie belasten könnte. Im Gegenteil. Sie ist so hilfsbereit, dass es schon fast an Aufopferung grenzt.
Bei meiner Recherche ist mit aber gerade etwas anderes Interessantes aufgefallen: Andreas Dietrich, Neles Vater, war vor zweiundzwanzig Jahren selbst mal in der Auswahlmannschaft des 1. FC. Aber dann hat er den Fußball an den Nagel gehängt, Medizin studiert und die Arztpraxis seines schwer kranken Vaters, eines stadtbekannten Internisten, übernommen.

Geheimes Tagebuch von Kim Jülich
Mittwoch, 22:22 Uhr

Dieses Tagebuch ist geheim. Wer es trotzdem wagt, auch nur eine Zeile weiterzulesen, der bekommt die Rote Karte, und zwar für mein Zimmer, meinen Computer, meine Schokolade und meine Spaghetti bolognese, die ich immer dann koche, wenn Mama nur Salat machen will.
Als ich vorhin David auf eine Runde Tischfußball im Jugendzentrum getroffen habe, hab ich ihm vorgeschlagen, dass wir unsere gemeinsame Reportage über Eifersucht schreiben könnten. Ich aus der weiblichen Sicht und David aus der männlichen oder, na ja, aus der jungenhaften Sicht ;-P . Da hat er mir beinahe den kleinen Tischkickerball an den Kopf geschossen. Ich habe es gerade noch geschafft, mich wegzuducken. Franzi und Marie wären stolz auf mich gewesen ;-). Es war ihm total peinlich, er hat sich tausendmal entschuldigt.
Ich hab ihm dann von Maries und meinem grenzwertigen Cheerleader-Einsatz und Holgers Reaktion darauf erzählt, da meinte er, dass er niemals eifersüchtig wäre, wenn wir zusammen wären, weil Eifersucht ein echter Beziehungskiller ist. Ich fand den Vergleich von uns mit Marie und Holger so seltsam, dass ich total lachen musste.

David ist dann rot geworden, das war eigentlich ganz süß, aber es sah auch so lustig aus, dass ich noch mehr lachen musste. Dann hat er auch gelacht. Herrlich, ich glaube, wir haben echt ein gemeinsames Humorzentrum.

Undercover-Einsatz

»Das ist viel zu rot. Damit sehe ich aus wie Barbie mit roten Haaren.« Franzi hielt sich Maries Schminkspiegel vors Gesicht und betrachtete den Lippenstift, den Marie aufgetragen hatte.

»Quatsch, du siehst damit aus wie Franziska mit zwanzig Jahr'«, flötete Marie. Sie drückte Franzi ein Kosmetiktuch in den Mund. »Mach mal so.« Marie drückte ihre eigenen Lippen aufeinander. »Das nimmt die überschüssige Farbe auf, damit auch nichts verwischt.«

Franzi presste ihre Lippen aufeinander in der Hoffnung, dass die komplette Farbe am Tuch hängen blieb.

»Ich finde, es steht dir«, meinte Kim, nahm Franzi den Spiegel aus der Hand und betrachtete sich selbst.

»Uhh, ich sehe ja aus wie Ken mit roten Lippen«, rief Kim.

Franzi prustete los.

»Quatsch, zurückgegelte Haare und rote Lippen machen streng. Du siehst sofort fünf Jahre älter aus«, stellte Marie anerkennend fest, während sie sich eine Menge dunklen

Lidschatten geschickt um die Augen verteilte. Dann nahm sie eine Wimpernzange und drückte die Wimpern nach oben. Franzi konnte gar nicht hinsehen. »Pass auf, dass du dir nicht die Augenlider einklemmst.«
Aber Marie war Profi. Als sie nach ein paar Handgriffen fertig war, sah sie umwerfend aus.
Es klopfte.
»Hereinspaziert!«, rief Marie.
Die Tür ging auf und Oma Agnes schaute herein. »Ihr seht ja toll aus! Vielleicht brauche ich auch mal ein paar Schminktipps. Aber jetzt lass ich euch alleine.« Oma Agnes schloss die Tür wieder.
»Huch?« Kim grinste ihre Freundinnen an.
»Was ist denn mit der los?«, fragte Franzi ungläubig.
»Ich sag doch, irgendwas passiert gerade mit ihr. Seit ich ihr erzählt habe, dass Opa Herbert einen Vegetarier-Kochkurs macht, ist sie auch nicht mehr ganz so streng.« Marie legte zufrieden den Schminkspiegel weg und nahm einige Klamotten aus ihrem Schrank.
»Aber dass sie sich Schminktipps von dir holen will … sehr süß!« Franzi zog sich eine schwarze Seidenhose über.
Nachdem jede der drei Detektivinnen in die von Marie ausgewählten Klamotten geschlüpft war, setzten sie sich noch mal zusammen auf Maries Sitzkissen. Marie holte eine Kiste unter ihrem Bett hervor. Darin befanden sich diverse Schokoriegel, Gummibärchentüten und drei Flaschen Orangenlimonade. »Bedient euch.«

»Ah, das geheime Süßigkeitenlager.« Kim nahm sich einen Schokoriegel und eine Flasche Limo.
»Schmeckt fast noch besser, wenn man es heimlich macht.« Franzi steckte sich ein Gummibärchen in den Mund.
Plötzlich klopfte es.
»Gleich, Oma!«, rief Marie und verstaute die Kiste schnell wieder unter ihrem Bett.
»Nicht Oma, hier ist Finn!«, rief eine hohe Kinderstimme hinter der Tür.
»Komm rein, Finn!«, antwortete Marie.
Die Tür öffnete sich und Maries kleiner Bruder stand im Zimmer.
»Wow, du hast ja bessere Manieren als Ben und Lukas, und die sind sieben Jahre älter als du«, staunte Kim.
»Die haben ja auch keine Oma Agnes.« Marie nahm Finn auf den Schoß.
»Darf ich was Süßes?« Finn blickte seine Schwester mit großen Augen an.
»Klar!« Marie holte ein Stückchen Schokolade unter ihrem Bett hervor. Er steckte es sich sofort in den Mund und nahm sich dann gleich noch eins.
»Lasst uns endlich mal über Josie sprechen. Ich bin mir sicher, dass sie das Geld des Typen genommen hat und Elli absichtlich gefoult hat. Und von dem Geld hat sie bestimmt die neuen Turnschuhe gekauft.« Franzi beobachtete, wie Marie Finn ein weiteres Stück Schokolade gab.
»Mehr!«, nuschelte Finn mit vollem Mund.

»Ja, wir sollten noch mal mit Josie reden«, überlegte Marie.
»Finn, das ist jetzt aber wirklich das letzte Stück.« Inzwischen waren Finns Lippen und die Partie unter seiner Nase schon ganz braun.
Die Tür ging wieder auf. Finn hörte abrupt auf zu kauen, denn Oma Agnes stand in der Tür. »Hier bist du, Finni. Hast du etwa Schokolade gegessen?«
»Er wollte sich auch die Lippen schminken. Mit einem Erdton.« Marie kramte in ihrer Schminktasche und hielt einen bräunlich schimmernden Lippenstift nach oben. Oma Agnes sah misstrauisch in die Runde. »Komm, ich wisch das mal ab.« Mit einem Kosmetiktuch wischte Marie ihrem kleinen Bruder über den Mund. »Ich bringe dir Finn gleich, Oma. Wir wollen noch seine Nägel lackieren.« Marie lächelte ihre Oma an.
»So ein Quatsch, Marie!«, sagte Oma Agnes, verschwand dann aber aus dem Zimmer.
Franzi und Kim kicherten.
»Ich sag doch, mit dem Business-Outfit glaubt man uns alles.« Marie strahlte triumphierend.

Eine Stunde später standen die drei !!! vor der Sportwettenbar.
»Ich setze mich auf die Bank dahinten und checke die Lage.« Kim zeigte auf eine Bank in der Nähe des Eingangs.
»Okay, komm, Franzi, wir gehen rein.« Marie ging los.
»Unfassbar, wie gut sie mit so hohen Absätzen laufen kann.« Franzi reichte Kim ihren Rucksack. »Der ist nicht damenhaft genug.« Dann ging sie etwas wackelig hinter Marie her.

Zusammen betraten die beiden Detektivinnen die Bar. Vor sich sahen sie einen langen Tresen, die Wände waren grau, die Lampen leuchteten nur schwach.
Hinter der Bar stand eine Frau mit dunkelroten, langen Haaren, die ein bisschen zu stark geschminkt war und große goldene Ohrringe trug. Franzi schätzte sie auf Anfang dreißig. Es roch nach Rauch. Ein Billardtisch stand weiter hinten in einer Ecke und einige Flachbildfernseher, auf denen ein Pferderennen übertragen wurde, hingen an den Wänden. Das Rennen musste live sein, denn an einem Tisch in der hinteren Ecke saßen eine Frau und ein Mann, die beide gebannt auf einen der Bildschirme starrten.
»Kann ich euch helfen?« Die Stimme der Barfrau klang tief.
»Wir wollen ein bisschen spielen!«, sagte Marie. Ihre Stimme klang jetzt ebenfalls ziemlich tief. Aus ihrer Handtasche holte sie ein Portemonnaie hervor, aus dem ein Hunderteuroschein lugte. Franzi war baff, Marie war echt die geborene Schauspielerin. Das hatte sie definitiv von ihrem Vater geerbt.
Die Frau am Tresen lächelte die beiden Mädchen an und verschwand dann durch eine Tür, die hinter der Bar war. Kurz darauf war sie wieder zurück. »René ist gleich bei euch. Wollt ihr was trinken? Prosecco?«
»Wir starten mit Wasser, bei der Hitze!«, sagte Marie, und Franzi und sie setzten sich auf einen Barhocker.
Die Frau nahm zwei Gläser aus einem Schrank und goss Wasser hinein. Dann ließ sie einige Eiswürfel in die Gläser gleiten und stellte sie vor den beiden Detektivinnen auf die Bar.

Franzis Kehle fühlte sich ganz trocken an. In einem Zug trank sie das Wasser aus.
Plötzlich jubelten der Mann und die Frau weiter hinten und sprangen auf. Doch ihre Freude währte nur kurz, im nächsten Moment ließen sie sich stöhnend wieder auf ihre Stühle sinken.
»Bachmann hat mich ganz schön verarscht. Ja, morgen muss er zahlen, sonst ist er dran.« Das war die Stimme des Jogginganzugmanns, der gerade telefonierend aus der Tür hinter der Bar kam. Er legte auf und lächelte Franzi und Marie freundlich an. »Was kann ich für euch tun?« Interessiert sah er in ihre Gesichter und wischte sich eine Haarsträhne aus dem Gesicht.
Franzis Herz pochte. Ob er sie wohl erkannte? Immerhin hatten sie ihn gestern mit dem Rad verfolgt. Eigentlich hatten sie auch schon genug gehört. Bachmann schien Schulden bei dem Mann zu haben. Franzi wollte den Rückzug antreten und stupste Maries Knie unter der Bar an.
Marie tippte auf ihre silberne Armbanduhr. »Oh nein, Alisa, jetzt hätten wir glatt fast den Termin mit unserem Anlageberater verpasst.« Dann lächelte sie den Mann an. »Hallo, Herr …«
»Don«, sagte der Mann. »René Don.«
»Hallo, Herr Don. Wir kommen später noch mal wieder.« Marie zog den Hunderteuroschein aus ihrem Geldbeutel, während sie sich an die Frau wandte, die weiter hinten Weingläser polierte. »Was bekommen Sie für das Wasser?«
»Lass stecken. Bis zum nächsten Mal.« René Don grinste die beiden Mädchen an.

Franzi war dieser Mann unheimlich. Sie stöckelte, so schnell sie konnte, zum Ausgang und drehte sich dann zu Marie, die noch immer an der Bar stand, um.
»Woher kennen Sie Jan Bachmann?«, fragte Marie. René Don stockte. »Warum willst du das wissen?«
»Er hat eine Wette verloren und bis heute nicht eingelöst«, log Marie.
»Interessant. Ich hab auch noch eine Rechnung mit ihm offen. Und die ist nicht klein.« Don sah Marie in die Augen.
Sie hielt dem Blick stand. »Auch eine verlorene Wette?« Don nickte. Franzi war beeindruckt, wie cool Marie ihre Rolle spielte, aber jetzt wussten sie wirklich genug.
»Komm, Lea, der Termin!«, drängte sie Marie.
»Bis später«, flötete Marie und folgte Franzi dann nach draußen.
»Mann, war das düster da drin«, stellte Franzi leise fest. Kim sprang sofort von der Bank auf und kam ihnen entgegen. »Und?«
»Erst mal weg hier«, flüsterte Franzi ihr zu und setzte ihren Rucksack auf.
Marie zeigte zur Straßenecke. »Da ist ein Spielplatz.«
»Gut, da kann man sich hinsetzen.« Franzis Schuhe drückten mittlerweile ganz schön. Die letzten Meter schaffte sie gerade so. Gegenüber von der Rutsche war noch eine Bank frei, auf die Franzi zielsicher zusteuerte. »Ich muss aus den Schuhen raus.« Kim mühte sich auf den High Heels auch ziemlich ab. »Superidee!«

Die drei Detektivinnen setzten sich. Franzi und Kim schlüpften aus den Schuhen und atmeten auf. Dann brachten Franzi und Marie Kim auf den neuesten Stand.
»Ich lag mit meiner Vermutung gar nicht so falsch: Bachmann hat echt Geldsorgen. Aber die popelige Summe für die Trikots hätte da nicht gereicht. Das scheint ein ganz schöner Batzen zu sein.« Franzi holte die Fußballschuhe aus ihrem Rucksack.
»Okay, also Bachmann scheint Schulden zu haben. Aber warum hat dieser Don Josie bestochen, damit sie Elli foult? Er will doch Bachmanns Geld?«, grübelte Kim.
»Vielleicht will er ihm schaden, indem er seine Spielerinnen verletzen lässst?«, überlegte Marie.
»Dann wären ja alle Spieler des FC Südwest in Gefahr. Auch du und meine Brüder.« Kim zog sich schnell ihre flachen Sandalen an, die sie in der Handtasche, die Marie ihr geliehen hatte, deponiert hatte. »Ich fahre jetzt nach Hause und rede mit Ben und meinen Eltern. Er soll aus der Auswahlmannschaft aussteigen. Oder gleich aus dem ganzen Verein.« Franzi überlegte. »Aber sag noch nichts von unseren Ermittlungen. Deine Eltern würden dann bestimmt nicht erlauben, dass wir noch weiterermitteln, und auch unsere informieren.«
Kim nickte. »Ich denke mir was aus, nach dem Motto: Der Leistungsdruck ist zu hoch in dem Verein. Da kommt die Schule dann zu kurz. Das zieht bei meiner Mutter bestimmt. Und ist nicht mal gelogen.«
»Und ich gehe jetzt zum Training. Da der Fall für Bachmann ja abgeschlossen ist, ist es vielleicht unauffälliger, wenn ich

mich mal allein im Verein blicken lasse, oder?« Franzi rieb ihr Auge. »Ich glaube, ich vertrage diese ganze Schminke nicht. Meine Augen jucken total.«

»Jetzt siehst du aus wie Willi.« Marie reichte Franzi ein Taschentuch.

»Willi?«

»Willi Waschbär, Finns Kuscheltier.«

»Ah. Ist die Schminke verschmiert?« Franzi wischte mit dem Taschentuch unter ihren Augen herum. »Waschbär ist gut. Die schnüffeln doch auch überall herum. Wie wäre es, wenn ich mich einschließen lasse? Vielleicht kann ich dann in Ruhe nach Beweisen suchen. Und euch später reinlassen.« Franzi begann die Schuhe anzuziehen.

»Das ist aber nicht ungefährlich.« Kim als der kluge, besonnene Kopf der drei !!! wollte ungern Dinge tun, die nicht erlaubt waren. Und sich heimlich irgendwo einzuschleichen, um dann in fremden Unterlagen herumzuschnüffeln, gehörte definitiv dazu. Aber manchmal gab es gute Gründe.

»Wir müssen schnell handeln, Kim. Zum Schutz aller Vereinsmitglieder«, meinte Franzi mit Nachdruck. Sie überprüfte ihr Handy. »Mein Akku ist noch voll. Ich halte euch auf dem Laufenden. Und Marie, bring zur Sicherheit dein Dietrichset mit, okay?«

Marie nickte. Die drei Detektivinnen verabschiedeten sich voneinander und Franzi machte sich auf den Weg zum FC Südwest. Auch heute war es wieder sehr heiß, der Himmel war wolkenlos. Franzi konnte es kaum erwarten, das Make-up von ihrem

Gesicht zu waschen. Allerdings konnte sie sich wirklich Schöneres vorstellen, als bei dreißig Grad zum Fußballtraining zu gehen. Was machte man nicht alles für seinen geliebten Detektivclub!
Franzi zog ihr Handy aus der Tasche und rief Blake an. Es war schön, seine Stimme zu hören. Da es ein ungeschriebenes Gesetz der drei !!! war, Außenstehende nicht in die aktuellen Ermittlungen einzuweihen, konnte sie ihrem Freund gerade nicht viel erzählen, außer dass sie ihn vermisste. Blake war auf dem Weg ins Schwimmbad und vermisste Franzi auch. Das tat gut.
Beim Fußballverein angekommen, beendete Franzi das Gespräch und wollte unbemerkt in die Umkleide verschwinden, um sich abzuschminken und in ihre Sportsachen zu schlüpfen, da kam Bachmann ihr entgegen. »Oh Franzi, so schick heute!«
Franzi überlegte fieberhaft. »Der Opa von meinem Freund wird heute fünfundsiebzig«, log sie.
Bachmann war irritiert. »Und dann kommst du trotzdem zum Training?«
Franzi konnte nicht antworten, sie musste schon wieder niesen. Zum Glück kamen auch Nele und Elli gerade an und Franzi konnte mit ihnen in der Umkleide verschwinden.

Nach einem sehr intensiven Training und einer ausgiebigen Dusche stand Franzi mit Nele und Elli bei den Fahrradständern.
»Der Arzt sagt, dass ich wahrscheinlich morgen wieder spielen kann«, berichtete Elli glücklich. »Ich soll gleich noch mal zur Kontrolle.«

»Super!« Franzi freute sich. »Ich drücke die Daumen!«
Die anderen Mädchen aus der Mannschaft verabschiedeten sich nach und nach.
»Ich sag meinem Vater, dass wir schon los sind.« Nele zog ihr Handy aus der Tasche und tippte. »Komisch, er hat mich weggedrückt.«
»Egal, komm, du kannst es ja später noch mal probieren.« Elli stieg auf ihr Rad.
Franzi blickte demonstrativ auf ihr Handgelenk. »Oh Mist, ich hab meine Uhr in der Umkleide vergessen. Habt einen schönen Abend.« Schnell ging sie zurück zum Vereinsheim. Noch vor den Umkleiden hörte sie gedämpfte Männerstimmen.
»Du solltest dich mehr auf sie konzentrieren, bei der Summe, die du dafür bekommst.«
Franzi erkannte die Stimme von Neles Vater. Sie schlich langsam zur Jungenumkleide, aus der die Stimmen kamen. Die Tür war angelehnt, Franzi spähte vorsichtig durch den Spalt. Die Männer standen hinter einer Wand, die den Raum trennte. Sie konnten Franzi nicht sehen. Damit das auch so blieb, stellte sie leise ihre Tasche auf der Bank ab, versteckte sich in einem Spind und zog ihn vorsichtig zu.
»Die Sache ist mir zu brisant. Gestern konnte ich gerade noch verhindern, dass die Polizei hier schon wieder auftaucht. Mittlerweile sind die Jungs so eifersüchtig auf die Sonderbehandlung der Mädchen, dass sie anfangen, das Geld für die Mädchentrikots zu klauen. Und Elli gegenüber ist es auch nicht fair.

Sie ist sehr gut und ich fördere sie nicht angemessen.« Das war eindeutig die Stimme des Trainers.
»Nele hat auch das Zeug, in die Auswahlmannschaft zu kommen.« Dietrichs Stimme klang aufgebracht. »Und wenn du das nicht hinbekommst und aussteigen willst, bekommst du keinen Cent von mir. Viel Spaß mit Don!« Dietrich lachte hämisch. Franzi konnte kaum glauben, was sie da hörte.
Bachmann seufzte. »Ich versuche es.«
»Versuchen reicht nicht!« Dietrich war wütend.
»Ist ja gut.« Bachmann klang ebenfalls sehr aufgebracht.
Durch die Luftschlitze im Spind sah Franzi, wie er mit rotem Kopf die Umkleide verließ. Und auch Dietrich ging an ihr vorbei. Genau neben ihr blieb er stehen, weil er sein klingelndes Handy in seiner Hosentasche suchte. Er nahm das Gespräch an. Franzi hielt den Atem an, ihre Nase kitzelte. Wenn sie jetzt niesen würde, würde sie auffliegen. Ihr Herz klopfte wie wild.
»Hallo, Nele ... Okay, dann sehen wir uns zu Hause! ... Nee, ich hatte schlechten Empfang ... Tschüss!« Dietrich legte auf. Für einen Moment dachte Franzi, er würde ihr durch die Luftschlitze in der Tür direkt in die Augen sehen. Wieder kitzelte ihre Nase. Sie schloss die Augen und rechnete mit ihrer sofortigen Entlarvung. Doch dann steckte Dietrich sein Handy weg, setzte sich wieder in Bewegung, schaltete das Licht aus und verschwand aus der Umkleide.
Franzi atmete auf. Vorsichtig wollte sie die Tür des Spindes aufdrücken, aber die bewegte sich nicht. Das Schloss war eingerastet. Sie war eingeschlossen. Nur ein schwacher Lichtschein

kam durch das kleine Fenster der Umkleide, das konnte sie durch die Luftschlitze sehen. Ihr Blick fiel auf ihre Sporttasche, die sie auf der Bank vor dem Spind abgestellt hatte. Darin war ihr Handy. Sekunden vergingen. Franzi fragte sich, wann Kim und Marie wohl kommen würden. Die beiden müssten ja bald merken, dass sie sich nicht meldete, da würden sie bestimmt sofort nach ihr suchen.

Plötzlich hörte Franzi ein Scharren. Sie erschrak fürchterlich. Mit aufgerissenen Augen versuchte sie, durch die schmalen Schlitze des Schrankes zu erkennen, woher das Geräusch kam. Aber es war zu dunkel. Das Geräusch kam näher und etwas erwischte Franzi am Bein. Vor Schreck zuckte sie zurück und unterdrückte mit aller Kraft einen Schrei.

Schlachtpläne

Franzi presste sich an die Rückwand des Spindes und versuchte, sich so schmal wie möglich zu machen. Aber das half nichts, wieder spürte sie eine Berührung an ihrem Bein. Panisch hielt sie sich die Hände vor den Mund, um nicht laut loszuschreien. Sie wusste nicht, was das war, und wollte nicht, dass Bachmann und Dietrich, die womöglich noch in der Nähe waren, sie hier entdeckten. Ihr Herz pochte. Oder hatten Bachmann und Dietrich sie womöglich doch in ihrem Versteck entdeckt und wollten ihr Angst einjagen? Was würden sie mit ihr machen, jetzt, wo sie wusste, dass Bachmann Spielschulden hatte und sich von Dietrich erpressen ließ? In dem Spind war es unerträglich heiß, noch heißer als draußen. Ein Schweißtropfen kullerte von ihrer Stirn über die Nase und tropfte dann auf den Boden. Plötzlich hörte sie ein ihr bekanntes Knurren. Sie ging ein wenig in die Knie, so gut, wie es in einem engen, kleinen Spind eben ging, und tastete mutig mit ihrer Hand im Dunkeln. Und dann spürte sie, dass es Rocky war, der seine Pfote durch die Luftschlitze im unteren Teil des Schrankes steckte.

»Mensch, Rocky, hast du mich erschreckt«, flüsterte Franzi erleichtert.
Franzi traute ihren Augen nicht, als plötzlich Katja hinter der Tür hervorkam, die zu den Duschen führte.
»Brav, Rocky, dass du so leise warst. Jetzt sind Bachmann und Dietrich bestimmt weg.« Franzi sah, wie Katja ängstlich zur Tür blickte. »Komm, wir müssen nach Hause.«
Katja näherte sich Franzis Versteck. Franzi erstarrte, denn sie wollte auch von Katja nicht entdeckt werden. Rocky aber freute sich so sehr, dass er jetzt bellte und mit dem Schwanz wedelte. Und dann passierte es. Franzi konnte den Niesreflex nicht mehr unterdrücken und nieste. Sie zitterte jetzt am ganzen Körper. Hoffentlich war das Geräusch im Bellen des Hundes untergegangen. Wenn Katja sie hier entdecken würde, könnte das Auswirkungen auf den Erfolg der Ermittlungen haben. Katja hielt kurz inne und schaute zu dem Spind. Franzi versteinerte. »Hast du etwa Hundeschnupfen, mein Kleiner?« An seinem Halsband zog die Trainerin den kleinen Mischling Richtung Ausgang.
Franzi traute sich erst wieder zu atmen, als sie hörte, wie Katja von außen die Tür abschloss. Nun war sie allein. Im Halbdunkel. In einem Spind gefangen. Sie versuchte, über den Fall nachzudenken und sich damit abzulenken. Warum hatte Katja die beiden Männer ebenfalls belauscht? Was wusste sie noch? Eine halbe Ewigkeit verging, vielleicht waren es aber auch nur wenige Minuten.
»Franzi? Bist du da drin?« Kims Stimme war die Erlösung.

»Ich bin hier. In der Jungenumkleide!«, rief Franzi erleichtert. Durch die Lamellen sah Franzi, wie Kim und Marie hereingeeilt kamen. Suchend blickten sich ihre beiden Freundinnen um.
»Wo denn?« Marie verstaute ihr Dietrichset, mit dem sie die Vereinsheimtür geöffnet hatte, in ihrer Tasche.
»Seht ihr mich wirklich nicht? Ich bin hier im Spind gefangen.« Sie klopfte von innen an die Spindtür.
Kim ruckelte an dem Spind. »Geht von außen auch nicht auf.«
»Das ist eine Sicherheitsmaßnahme, falls man mal vergisst, den Schrank zuzuschließen«, erklärte Marie, während sie ihr Dietrichset wieder aus der Tasche herausholte. Zielsicher griff sie sich einen kleinen Schlüssel, steckte ihn in das Schloss und nach wenigen Sekunden öffnete sich die Tür.
Franzi kam in gebückter Haltung heraus, streckte sich und ließ sich dann von Kim und Marie in den Arm nehmen.
»Was ist denn passiert?«, wollte Kim wissen.
»Ganz viel. Aber zuerst muss ich hier raus.«

Franzi atmete die kühle Luft ein und musste sofort wieder niesen. Der Fußballplatz lag verlassen in der Abendsonne.
»Wollt ihr heute bei mir übernachten? Die Lehrermeute müsste jetzt weg sein und so kurz vor den Ferien haben eure Eltern doch bestimmt auch nichts dagegen, oder?«
»Oma Agnes bestimmt schon. Aber sie hält sich ein bisschen zurück momentan. Sie hat mich auch einfach gehen lassen, obwohl ich ja ihrer Meinung nach das Haus abends nicht verlassen sollte.« Marie verdrehte die Augen.

»Immerhin.« Franzi atmete tief ein und aus und musste dabei schon wieder niesen.
Als die drei Detektivinnen eine halbe Stunde später auf dem Winklerhof ankamen und ihre Räder abstellten, wehte ihnen ein herzhafter Geruch aus der Küche entgegen.
»Kann es sein, dass es nach Spaghetti bolognese duftet?« Maries Augen leuchteten.
»Gut möglich.« Franzi grinste. »Ich hab meiner Mutter eine SOS-SMS geschrieben.«
Marie gab Franzi einen Kuss auf die Wange. »Du und deine Mutter, ihr seid die Besten!«
Auch Kim freute sich. »Und bestimmt gibt es einen fantastischen Nachtisch.«
»Bestimmt.« Franzi lächelte, während sie ihren beiden Freundinnen ins Haus folgte.

»Deine Mutter ist die beste Köchin, die ich kenne.« Marie setzte sich nach einem ausgiebigen Abendessen mit der gesamten Familie Winkler auf Franzis Bett.
»Gut, dass unsere Lehrer nicht das ganze selbst gemachte Schokoeis aufgegessen haben.« Kim holte drei Klappmatratzen, die an der Wand lehnten, und legte sie nebeneinander.
»Jetzt erzähl endlich. Ich platze fast vor Neugier.« Sie öffnete den obersten Knopf ihrer Jeansshorts und ließ sich auf Franzis Bett plumpsen.
»Ich dachte, du platzt, weil du vier Kugeln Eis gegessen hast.« Franzi legte sich neben ihre Freundin auf die Matratze.

»Haha!« Kim zog ihr Streifenshirt weit über den Hosenbund. »Okay, also passt auf: Ich hab ein Gespräch zwischen Bachmann und Dietrich mitgehört: Bachmann kann seine Spielschulden nicht bezahlen und Dietrich will ihm das Geld geben, aber nur, wenn er dafür sorgt, dass Nele in die Auswahlmannschaft kommt.«

»Krass, Dietrich erpresst Bachmann?« Marie zog sich ihre silbernen Sandalen aus und setzte sich im Schneidersitz neben ihre beiden Freundinnen. »Das hätte ich gar nicht gedacht. Dietrich ist doch immer so nett zu allen.«

Kim setzte sich auch wieder auf. »Ich hab recherchiert, dass er selbst mal ein ziemlich guter Fußballer war. Aber als er kurz davor war, Profifußballer zu werden, hat er aufgehört, Medizin studiert und die Praxis seines Vaters übernommen.«

»Und jetzt soll seine Tochter seinen Lebenstraum verwirklichen«, schlussfolgerte Marie. »Das ist übel.«

»Und klingt nach krankem Ehrgeiz«, fügte Kim hinzu. Franzi nahm sich ein Taschentuch aus ihrer Hosentasche und putzte sich die Nase. »Ich verstehe nur nicht, warum er Elli dann auch so umsorgt. Er bringt den beiden zu jedem Training irgendein selbst gemachtes Power-Getränk mit.«

»Meint ihr, da ist Doping drin?«, überlegte Kim.

Franzi schüttelte den Kopf. »Glaub ich nicht. Ich hab auch was davon getrunken und nichts gemerkt. Das ist aber noch nicht alles. Katja war auch da. Hinter der Tür, die zu den Toiletten führt. Sie hat das Gespräch mitgehört und ist danach verschwunden.«

»Was? Das ist ja unglaublich. Warum?« Marie sah ihre Freundinnen alarmiert an.
»Sie hat dich nicht gesehen, oder?«, fragte Kim. Franzi gähnte. »Zum Glück nicht.«
Kim legte sich wieder hin. »Wir sollten Nele und Elli morgen vor der Schule abfangen und ihnen von dem Deal zwischen Bachmann und Dietrich erzählen. Auch wenn das Nele sicher treffen wird.«
Marie nickte. »Und es wäre gut, wenn wir Katja mal genauer beobachten.«
»Wir müssen morgen auch unbedingt mit Josie sprechen. Sie verheimlicht uns irgendwas.« Franzi zog sich ihre Jeansshorts aus, schnappte sich das bedruckte Ausrufezeichentuch von Maries Stiefmutter, das sie die ganze Zeit in ihrer Tasche bei sich trug, und deckte sich damit zu.
»Sollten wir Peters einweihen?« Kim nahm sich die Haarspangen aus den Haaren und legte sie auf den Schreibtisch.
»Ja, aber vielleicht nicht sofort. Es gibt keine Beweise und alle Beteiligten werden leugnen.« Marie stand auf und wühlte in ihrer Tasche.
»Okay, dann warten wir ab.« Franzi nieste und gähnte danach. »Wie lief denn das Gespräch mit deinen Eltern über Ben und Lukas?«
»Eigentlich sehr gut. Meine Mutter hat auch schon beobachtet, dass Ben immer ganz schön müde ist und sich kaum noch mit Freunden trifft. Sie will sich morgen mal sein Zeugnis anschauen und mit ihm sprechen.« Kim lächelte angestrengt.

»Und da sein Zeugnis bestimmt nicht so gut ist, wird sie ihm dann bestimmt auch raten, aus der Auswahlmannschaft auszutreten.«
»Sehr gut!« Marie zog einen kleinen Kulturbeutel aus ihrer Tasche. »Ich gehe ins Bad und schminke mich ab.«
»Dann gute Nacht.« Franzi machte die Augen zu. »Wenn du nach deinem zweistündigen Wellness-Ritual wiederkommst, schlafe ich bestimmt schon.«
»Gute Nacht. Ihr solltet wenigstens noch Zähne putzen.« Marie verschwand.
Kim holte eine Reisezahnbürste aus ihrer Tasche. »Marie hat recht. Kommst du mit?«
Franzi schaffte es gerade noch, den Kopf zu schütteln, dann schlief sie ein.
Als am nächsten Morgen um sechs Uhr Maries Handywecker klingelte, war Franzi bereits hellwach. Während Marie schon wieder im Bad verschwand und Kim konzentriert die gestrigen Ereignisse in ihr Detektivtagebuch eintrug, schlüpfte Franzi schnell in ihre Jogginghose und lief über den Hof zur Koppel, auf der ihr Pony Tinka graste.
»Hallo, Tinka!«, rief Franzi und freute sich, als das Pony sofort angetrabt kam. Schnell kletterte sie über den Holzzaun und umarmte Tinkas Hals.
Tinka schnaubte, als wolle sie Franzi begrüßen. Franzi strich dem Pferd über die Mähne. »Stell dir vor, ich spiele angeblich total gut Fußball.«
Tinka wieherte.

»Ja, ich finde das auch verrückt. Aber weißt du, Profifußball ist nichts für mich. Da geht es nur um Leistung und gar nicht mehr um Spaß. Es ist auch ganz schön anstrengend, dort zu trainieren und gleichzeitig zu ermitteln.«
Das Pony schnaubte und stupste Franzi an.
»Wenn wir unseren Fall gelöst haben, habe ich wieder mehr Zeit für dich!« Franzi klopfte ihrem Pony liebevoll auf den Hals, kletterte dann wieder über den Zaun und ging zum Haus.
Marie kam gerade aus dem Badezimmer, vor dem Franzis sechzehnjährige Schwester Chrissie bereits wartete.
»Gut, dass du dich nicht jeden Morgen schminkst, Schwesterherz«, meinte sie mit genervtem Blick zu Marie, die das einfach an sich abprallen ließ. Sie war perfekt geschminkt und umgeben von Parfümduft. Ehe Chrissie die Badezimmertür schließen konnte, schlüpfte Franzi mit rein. »Ich will nur ganz schnell meine Zähne putzen. Versprochen!«, klärte sie ihre genervte Schwester auf.
Nach einem Schnellfrühstück, bestehend aus selbst gebackenen Croissants, die Frau Winkler den Detektivinnen zusammen mit einem Waldbeerensmoothie serviert hatte, saßen sie auf ihren Rädern. Jede hatte außerdem ein Pausenbrot und ein Trinkpäckchen von Franzis Mutter bekommen. Franzi durchfuhr eine Welle des Glücks, als sie daran dachte, dass gleich die Sommerferien anfingen. In der Nacht hatte sie außerdem neue Energie getankt. »Wir teilen uns auf. Ich fahre zu Nele. Kim zu Elli, und Marie, du fährst zu Katja, okay?«
Kim und Marie nickten.

»Die Adressen hab ich euch aufs Handy geschickt.« Kim bog als Erste ab. Elli wohnte nicht weit von der Schule entfernt. »Bis später!«
Franzi und Marie verabschiedeten sich bei der nächsten Weggabelung.
Franzi fuhr die kleine Straße entlang, in der Nele mit ihrem Vater lebte. Sie musste niesen, als sie ihr Fahrrad abstellte und zum Haus ging. Auf dem Klingelschild stand »A. und N. Dietrich«. Darunter befand sich ein Schild mit der Aufschrift »Praxis«. Als Franzi gerade klingelte, ging die Tür auf und Nele kam heraus. Sie sah blass aus und erschrak, als Franzi vor ihr stand. »Ist irgendwas?«
»Hallo. Ja, kann man sagen. Ich muss mal mit dir reden.« Nele eilte zu ihrem Fahrrad. »Ich hab keine Zeit. Ich wollte noch kurz trainieren, dann mein Zeugnis in der Schule abholen und dann wieder auf den Platz. Heute kommt der Talentscout.«
»Ich weiß. Wollen wir zusammen zum Platz fahren?« Franzi sah zu, wie Nele ihr Fahrrad aufschloss und sich einen Helm aufsetzte.
»Wenn du meinst!«
Franzi nickte und stieg ebenfalls auf ihr Rad. Sie hatte sich überlegt, nicht lange um den heißen Brei herumzureden.
»Dein Vater erpresst den Trainer, damit er dafür sorgt, dass du heute vom Scout entdeckt wirst.«
Nele bremste abrupt und blieb stehen. »Was?«
Auch Franzi hielt an und drehte sich zu Nele. »Tut mir leid, ich habe es selbst gehört.«

Nele schüttelte den Kopf. »Du spinnst! Bist du eifersüchtig, oder was?« Sie stieg wieder auf ihr Rad und trat kräftig in die Pedale. »Lass mich in Ruhe. Ich muss los!«
Kurz überlegte Franzi, ob sie ihr nachfahren sollte. Aber dann entschied sie, dass es keinen Sinn hatte, denn Nele würde ihr in ihrer momentanen Verfassung nicht zuhören.

Als Franzi bei der Schule ankam, stellte Kim gerade ihr Rad in den Fahrradständer.
»Nele will es nicht wahrhaben«, berichtete Franzi und stellte ihr Rad neben das von Kim.
»Elli kann es auch nicht glauben. Sie war total entsetzt, weil sie Dietrich so was gar nicht zutraut. Er hat sich wohl nach dem Tod ihrer Mutter echt lieb um sie gekümmert. Im Gegensatz zu ihrem Vater, der hat sich verkrochen.«
Im selben Moment piepte Franzis Handy. Sie zog es aus der Tasche. »Marie. Sie hat Katja nicht angetroffen.«
Franzi tippte in ihr Handy:
Nele und Elli wollen es nicht wahrhaben. Lasst uns nach der Schule Josie noch mal aufsuchen. Treffpunkt FC Nord um 12:30 Uhr.

!!!, kam von Marie zurück, was so viel bedeutete wie: »Okay!«

»12:29 Uhr. Wir sind überpünktlich.« Franzi steckte ihr Handy ein und schloss ihr Rad an.
»Und wir haben Ferien! Hurra!« Kim hüpfte in die Luft. »Ich hoffe, dass meine Mutter mich in den Ferien in Ruhe

lässt. Das Wort Schule will ich in den nächsten sechs Wochen auf keinen Fall hören.«
»Ob das klappt?« Franzi sah Kim skeptisch an.
»Hallo, ihr zwei!«, rief Marie, die gerade angefahren kam. »Schulferien!«
Kim verdrehte die Augen.
»Hab ich was Falsches gesagt?«, wollte Marie verwundert wissen.
Franzi lachte. »Sie will das Wort Schule nicht mehr hören.«
»Na ja, in Verbindung mit dem Wort Ferien ist es okay.« Kim lächelte.
»Was wollt ihr denn schon wieder hier? Habt ihr gar keine Schule?« Das war Josie, die auch gerade angeradelt kam.
»Schulferien. Und du?«, fragte Kim.
»Ich hab die letzte Stunde geschwänzt. Mein Zeugnis ist nicht so gut dieses Jahr, das brauche ich vor den Ferien nicht.« Josie blickte betreten auf den Boden.
»Ich weiß, wie du deine Laune schlagartig verbessern kannst«, meinte Kim.
»Ich hab euch doch schon alles gesagt. Ich hab das Geld nicht genommen und das Foul war ein dummer Unfall.«
»Und warum hast du dich dann bei Elli nicht entschuldigt?«, fragte Marie und antwortete gleich selbst auf ihre Frage. »Weil du ein schlechtes Gewissen hast.«
»Manchmal tut es gut, ehrlich zu sein. Wenn du zugibst, dass du erpresst wurdest, und uns dann auch noch verrätst, von wem, wären wir dir sehr dankbar.« Franzi lächelte aufmunternd.

»Ich glaube auch nicht, dass du mit einer besonders heftigen Strafe rechnen musst«, ergänzte Kim.
Josie schüttelte den Kopf und nahm einen Fußball aus ihrem Fahrradkorb.
Marie zog das silberne Döschen mit ihren Visitenkarten hervor und überreichte Josie eine Karte.
»Falls du es dir anders überlegst.«

Gefährlicher Ehrgeiz

»Das gibt es doch nicht. Josie will es nicht zugeben und Nele und Elli wollen es nicht wahrhaben.« Franzi fuhr nachdenklich Schlangenlinien. »Irgendwie müssen wir doch an Beweise kommen.«
Kim seufzte und trat energisch in die Pedale. Ihre Wangen waren schon ganz rot von der Anstrengung. »Wir sind doch schon so nah dran.«
»Ich bin gespannt, was passiert, wenn der Scout heute da ist. Vielleicht macht Dietrich einen Fehler«, überlegte Marie.
»Gut möglich. Er setzt sich ja auch selbst unter Druck, so unbedingt, wie er seine Tochter in der Auswahlmannschaft sehen will«, sagte Kim.
»Obwohl er immer so lieb tut und selbst gemachte Getränke mitbringt, spürt Nele den Druck bestimmt. Sie wirkte heute Morgen so, als wäre sie nicht mehr sie selbst.« Franzi blinzelte in den blauen Himmel. Nur wenige Schönwetterwölkchen waren zu sehen. Am Straßenrand wuchsen ein paar wilde Blumen. Plötzlich musste Franzi wieder niesen.

»Gesundheit!«, sagten Marie und Kim wie aus einem Mund.
»Apropos Gesundheit. Elli wird heute auch antreten. Ihr Arzt hat ihr grünes Licht gegeben«, berichtete Kim.
»Wir müssen uns noch mehr auf Katja konzentrieren. Sie weiß über den Deal Bescheid und schweigt. Das ist doch auch höchst seltsam.« Marie fuhr vor Franzi und Kim auf den Parkplatz des FC Südwest. Die drei schlossen ihre Räder an.
Franzi entdeckte Nele, die in Zickzacklinien über den Platz lief. Andreas Dietrich stand in der Nähe seiner Tochter und rief ihr irgendwas zu.
»Heute ist aber kein reguläres Training.« Bachmann kam auf die drei !!! zu.
Franzi ahnte, dass es ihm überhaupt nicht behagte, dass sie hier waren.
»Wir feuern nur an, keine Sorge, wir stehen nicht im Weg«, sagte Marie und lächelte unschuldig.
»Okay!« Da konnte Bachmann nichts gegen einwenden. Er drehte sich um und verschwand in Richtung seines Büros.
»Ganz schön gestresst«, stellte Kim fest.
»Stimmt.« Franzi sah sich suchend um. Auf beiden Plätzen machten sich immer mehr Spieler warm. »Wo sind denn Katja und Elli?«
Auch Ben und Lukas waren auf dem Trainingsgelände. »Ich hab übrigens auch unauffällig versucht, Ben klarzumachen, dass er die Finger vom Profifußball lassen soll«, berichtete Kim.
»Und was hat er gesagt?« Franzi suchte weiter den Platz nach Katja und Elli ab.

»Er will es sich überlegen. Ihm ist das ganze Training auch zu viel.«

Ein großer Mann kam auf den Platz. Er trug ein weißes T-Shirt und Jeans, hatte kurze braune Haare und wirkte sehr sportlich. Franzi schätzte ihn auf Mitte vierzig.

»Das ist Tom Wagner, der hat früher mal in der 1. Bundesliga gespielt«, flüsterte Marie ihren beiden Freundinnen aufgeregt zu.

Bachmann kam aus dem Vereinsheim auf den Platz geeilt und begrüßte den ehemaligen Profifußballer mit Handschlag.

»Ah, und jetzt ist er Talentscout«, stellte Marie fest.

Die drei Detektivinnen beobachteten, wie Bachmann scheinbar gut gelaunt mit dem Mann sprach. Franzi sah zu Dietrich, der das Ganze angespannt beobachtete.

»Kommt ihr mal alle her?« Bachmann trommelte seine Spieler zusammen und stellte dann den Scout vor. »Wie ihr ja alle wisst, ist Herr Wagner heute hier, um euch beim Training zuzusehen. Wir machen uns jetzt erst mal weiter warm und teilen uns dann in zwei Mannschaften auf. Gemischt.« Ein Raunen ging durch die anwesenden Spieler, dann verteilten sie sich wieder auf dem Platz.

Nele nahm einen Schluck aus der Flasche, die ihr Vater ihr reichte. Franzi beobachtete, dass er ihr noch etwas gab. Es musste eine Tablette sein, denn sie steckte es in den Mund, legt den Kopf in den Nacken und spülte es runter. Dann lief sie zurück auf den Platz und an Franzi vorbei, ohne sie eines Blickes zu würdigen.

»Hallo, Nele!« Franzi lief neben Nele her. »Was hat dein Vater dir da gerade gegeben? Ist das Doping?«

Nele wollte zuerst weiterlaufen, aber dann hielt sie an. »Mach dich doch mal locker, Franzi, das ist eine Kopfschmerztablette.«

»Und warum spielst du, wenn du nicht hundert Prozent fit bist? Kannst du denn dann die volle Leistung bringen? Du solltest nicht spielen!«

»Das geht dich nichts an. Lass mich in Ruhe.« Nele drehte sich aufgebracht weg.

»Weißt du, wo Elli ist?«

Nele zuckte nur mit den Schultern und lief dann weiter. Franzi ging zurück zu Kim und Marie, die auf der Zuschauertribüne Platz genommen hatten und Dietrich unauffällig beobachteten. »Sie ist nicht fit und spielt trotzdem. Und sie will, dass ich sie in Ruhe lasse.« Franzi setzte sich neben Kim und Marie.

»Von Katja und Elli immer noch keine Spur. Sie sind auch beide nicht auf dem Handy zu erreichen.« Kim, die die Spionagebrille trug, die David ihr geschenkt hatte, sah ihre Freundinnen besorgt an. »Kann es sein, dass Neles Vater Elli irgendwie fernhält, damit sie seiner Tochter nicht den Rang abläuft? Vielleicht hat er auch irgendwas mit Katja gemacht?«

»Glaub ich nicht. Guck mal, da steht Ellis Trinkflasche, die Dietrich ihr mitgebracht hat.« Marie deutete auf die unangerührte Trinkflasche, die neben Neles Flasche stand. Dietrich hatte die Namen der beiden Mädchen daraufgeschrieben, so war die Flasche leicht erkennbar.

Franzi merkte wieder ein Kitzeln in der Nase und musste mehrfach niesen.
»Mensch, Franzi, kann es eigentlich sein, dass du gegen irgendwas allergisch bist?« Marie strich ihrer Freundin Anteil nehmend über den Arm. Franzi kam gar nicht dazu, Marie zu antworten, denn der Niesanfall nahm kein Ende. Kim reichte Franzi ein Taschentuch. Ihre Augen tränten, sie bekam schlecht Luft und ihre Nase lief.
»Hat eine von euch was zu trinken für mich? Ich hab immer so einen Durst nach den Niesattacken.«
Marie schüttelte den Kopf. »Tut mir leid.«
»Ich hab mein Trinkpäckchen leider auch schon in der ersten Stunde ausgetrunken.« Kim überlegte kurz und nahm dann Ellis Flasche, ohne dass Dietrich etwas davon merkte. »Elli ist bestimmt einverstanden.«
Franzi nickte und trank.
Langsam ging es ihr etwas besser. »Lasst uns Ellis Vater kontaktieren, vielleicht weiß er, wo seine Tochter steckt?«
»Hab ich gerade schon gemacht, habe seine Nummer im Netz gefunden«, berichtete Kim. »Er sagte, sie ist heute Morgen zur Schule und danach hat er sie nicht mehr gesehen. Ich hab so ganz belanglos getan, damit er sich keine Sorgen macht. Er meinte leicht genervt, dass sie wahrscheinlich wieder auf dem Fußballplatz sei.«
Franzi nahm noch einen Schluck aus Ellis Flasche. Als sie die Flasche zurückstellte, sah sie, wie Bachmann sich mit dem Scout unterhielt und auf Nele deutete.

»Ich sehe mal in den Umkleiden nach, ob sie da irgendwo sind.« Franzi stand auf und flüsterte Kim ins Ohr: »Du kannst mit deiner Brille Dietrich hinter dir perfekt überwachen.«

Kim nickte. »Mache ich schon die ganze Zeit.«

»Ich beobachte Bachmann«, erklärte Marie. »Franzi, hast du dein Handy dabei? Nicht, dass du wieder in einem Spind landest und nicht rauskommst.«

»Ja, hier.« Franzi klopfte auf ihre Hosentasche und lief los. Zum Glück kribbelte ihre Nase gar nicht mehr und die Augen hatten aufgehört zu jucken. Im Vereinsheim war niemand, alle waren auf dem Platz. An Neles Garderobenhaken hing die Jacke ihres Vaters. Franzi blickte sich um. Noch immer war niemand außer ihr hier. Rasch durchwühlte sie die Jackentaschen und zog eine kleine Medikamentenpackung aus der Innentasche. Darauf stand »Selamonin«. Franzi holte ihr Handy aus der Hosentasche und machte ein Foto. Dann steckte sie die Packung zurück und eilte wieder zu Kim und Marie.

»Keine Spur von Katja und Elli, aber ich hab das in Dietrichs Jackentasche gefunden.« Sie hielt Kim und Marie das Handy mit dem Foto hin.

»Selamonin. Gebe ich mal in die Suchmaschine ein.« Kim holte ihr Smartphone aus der Hosentasche und tippte darauf herum. »Das ist ein Antihistaminikum gegen Allergiebeschwerden.«

Franzi dachte nach. »Hat Dietrich Allergiebeschwerden? Oder Nele?«

Marie zuckte die Schultern. »Die Einzige, die hier ständig niest, bist doch du.«

»Nebenwirkungen. Selamonin kann müde machen«, las Kim weiter vor.
»Meint ihr, er hat es in Ellis Getränk gemischt, damit sie beim Training müde ist?« Franzi war so überrascht, dass sie für einen kurzen Moment vergaß, leise zu sprechen. »Ich hab dreimal etwas aus Ellis Flasche getrunken, und jedes Mal waren die Niesattacken danach für eine Weile weg.«
»Psssst. Ich sehe, dass er sich uns von hinten nähert«, zischte Kim. Sie hatte die Spionagebrille noch immer auf.
»Wenn ihr nicht sofort aufhört, solche frechen Verleumdungen aufzustellen«, schnaubte Dietrich, »wird dein Bruder Ben keinen Spaß mehr am Fußball haben, Kim.«
»Wenn Sie uns drohen, rufen wir unseren Bekannten bei der Polizei an«, sagte Kim mit fester Stimme.
Im selben Moment pfiff Bachmann in seine Trainerpfeife. »So, jetzt bilden wir Teams.«
Das lenkte Dietrich kurz ab, er suchte den Platz nach seiner Tochter ab. Franzi nutzte den Moment und schrieb Kommissar Peters in Windeseile eine Nachricht.
Dietrich hatte Nele entdeckt. »Du schaffst das!«, sagte er mehr zu sich selbst, denn sie konnte ihn gar nicht hören.
Franzi sah, dass Peters die Nachricht gelesen hatte. Dann war er sicher bereits auf dem Weg. Sie baute sich selbstbewusst vor Dietrich auf. »Sie können Nele doch nicht im Ernst mit Kopfschmerzen spielen lassen!«
»Ich war wohl nicht deutlich genug?« Dietrich kniff die Augen zusammen.

Marie ließ sich nicht einschüchtern. »Sie treiben Ihre Tochter mit Ihrem kranken Ehrgeiz an, ohne zu merken, was gut für sie ist.«
»Und notfalls lassen Sie auch noch andere leiden.« Franzi fiel auf, dass Nele sehr blass war und kurz wankte. Das Mädchen blickte Hilfe suchend zu seinem Vater, der aber nur wieder seinen Daumen nach oben hielt und übertrieben grinste.
Jetzt reichte es Franzi. Kurzerhand lief sie zum Spielfeldrand und schnappte sich Bachmanns Pfeife, die er auf einer Bank abgelegt hatte. Sie pfiff hinein, und zwar so energisch, dass alle Spieler stehen blieben und sie ansahen.

Kim und Marie nickten Franzi aufmunternd zu.
Sie räusperte sich und sammelte sich kurz. »Merkt denn keiner, dass hier alle im Wahn sind? Auswahlmannschaft hin oder her, muss man dafür seine Gesundheit aufs Spiel setzen?« Einige Spieler sahen Franzi verwirrt an. Franzi blickte Nele direkt in die Augen, aber die schüttelte nur den Kopf.
»Franzi, lass gut sein.« Bachmann kam zu ihr und wollte sie vom Platz schieben. Aber Franzi ließ sich nicht beirren: »Nele, wenn es dir nicht gut geht, hast du auf dem Platz nichts zu suchen.«
Kim und Marie liefen zu Franzi. Auch Ben stellte sich neben sie. »Ich will auch etwas sagen. Ich steige aus der Auswahlmannschaft aus. Fußball war mal mein Hobby. Jetzt ist es nur noch anstrengend.«
Bachmann schüttelte ungläubig den Kopf. Kim fiel ihrem Bruder erleichtert um den Hals. »Gute Entscheidung!«
Lukas klatschte Ben ab. »Super, dann steht dem Sommer im Waldschwimmbad ja nichts mehr im Weg.«

Inzwischen war der Talentscout dazugekommen. »Darf ich fragen, was hier los ist?«
»Nichts!« Bachmanns Stimme klang bestimmt. »Franzi, du bist noch nicht mal Vereinsmitglied. Hör jetzt bitte auf, dich einzumischen. Und ihr anderen spielt weiter.«
Die Spieler verteilten sich wieder auf dem Platz.
Auch Nele lief los, aber sie stolperte, fiel hin und blieb reglos liegen.
»Oh nein!« Franzi war als Erste bei ihr, gefolgt von Bachmann und Dietrich.
»Sie ist bewusstlos!«, rief Franzi erschrocken.
»Ich rufe einen Krankenwagen.« Bachmann zog sein Handy aus der Tasche und wählte, während Dietrich den Puls seiner Tochter fühlte und mit ihr sprach. »Nele. Ich bin es, Papa. Kannst du mich hören?« Dietrich klopfte seiner Tochter sanft gegen die Wangen.
Franzi befühlte Neles Stirn. »Sie ist ganz heiß.«
»Ich hole was zum Kühlen.« Marie sprintete los und stieß fast mit Kommissar Peters zusammen, der gerade auf den Platz kam.
Die Spielerinnen und Spieler standen in einem Kreis um Nele herum. Bachmann steckte sein Telefon ein. »Tut mir alle einen Gefallen. Für heute ist das Training beendet. Es ist heiß. Bitte trinkt etwas und macht euch einen ruhigen Nachmittag. Wir holen alles nach.« Er blickte zu Tom Wagner.
Der nickte sofort. »Ich komme nach den Schulferien wieder, keine Sorge.« Der Scout begleitete die aufgewühlten Spieler zum Vereinsheim.

Franzi sah, wie er beruhigend auf sie einredete, dann löste sich die Menge langsam auf. Mit besorgten Blicken verschwanden die Spieler in Grüppchen im Vereinsheim.

Kim entdeckte den Kommissar und erklärte ihm die Lage, während Marie mit einem kalten Lappen zurückkam. Franzi kühlte damit Neles Stirn. Sie machte sich große Sorgen. Was, wenn Nele nicht bald zu sich kommen würde?

»Warum kommt denn der Krankenwagen nicht?« Dietrich blickte sich gestresst um. »Ich hole jetzt meinen Arztkoffer aus dem Auto. Franzi, du kühlst weiter. Jan, du bleibst bei ihr. Wenn sie die Augen aufmacht, redest du die ganze Zeit mit ihr, damit sie wach bleibt.« Bachmann nickte. Dietrich sprintete los.

»Nele. Kannst du mich hören? Ich bin es. Jan.« Neles Augen bewegten sich unter den geschlossenen Lidern.

»Sie wird wach!«, rief Marie aufgeregt.

Franzi drückte den feuchten Lappen auf Neles Stirn. »Nele, kannst du die Augen aufmachen oder etwas sagen?«

Nele blinzelte, ehe sie die Augen langsam öffnete. Franzi lächelte sie erleichtert an. »Weißt du, wo du bist?«

Nele sah erst Franzi an und dann Bachmann.

»Ja, auf dem Platz. Was ist passiert?« Neles Stimme klang schwach.

»Du warst nicht fit und hast trotzdem gespielt.« Franzi bemühte sich, nicht vorwurfsvoll zu klingen.

Nele stiegen Tränen in die Augen.

»Keine Sorge, der Scout kommt wieder«, sagte Bachmann beruhigend.

In dem Moment kam Dietrich mit seinem Arztkoffer zurück und der Krankenwagen fuhr direkt auf den Platz.
Nele setzte sich mit Bachmanns Hilfe auf.
»Gott sei Dank! Nele!« Dietrich kniete sich neben seine Tochter und umarmte sie. Dann erklärte er dem Notarzt, was passiert war. »Wahrscheinlich ein Schwächeanfall«, schloss er seine Schilderung. Der Sanitäter hockte sich zu Nele. Er begann, sie zu untersuchen und den Puls zu messen.
»Ich hatte vorhin leichtes Fieber, aber mit der Kopfschmerztablette wurde es besser«, erklärte Nele dem Sanitäter.
Er nahm ein Ohrthermometer aus seinem Arztkoffer. Nach wenigen Sekunden in Neles Ohr piepte es. »Das ist keine leichte Temperatur mehr. Du hast 39 Grad Fieber. Wir nehmen dich zum Durchchecken mit ins Krankenhaus.«
Dietrich schüttelte den Kopf. »Das übernehme ich. Ich bin Arzt. Und der Vater.«
Kim und Peters kamen dazu. »Guten Tag. Mein Name ist Kommissar Peters.«
Franzi beobachtete, wie Bachmann mühsam um Fassung rang.
Peters wandte sich an Bachmann und an Dietrich. »Ich möchte mich mal mit Ihnen beiden unterhalten. Auf der Wache.«
Dietrich sah die drei !!! wütend an. »Was auch immer diese Mädchen behaupten, es ist Quatsch.«
»Diese Mädchen sind von mir sehr geschätzte Detektivinnen«, erklärte Peters. »Und Quatsch reden sie eigentlich nie.«

Wie aufs Stichwort kam Josie auf den Sportplatz geradelt. Die drei Detektivinnen tauschten triumphierende Blicke aus. Sie ließ ihr Fahrrad ins Gras fallen und kam näher.
Franzi nickte ihr zu. »Herr Peters, das ist Josie. Sie kann Ihnen auch noch etwas Interessantes erzählen. Josie, das ist Kommissar Peters.«
Josies Blick wanderte von Nele zu Dietrich, dann wandte sie sich entschlossen an Kommissar Peters. »Dieser Mann hat mich bestochen und erpresst.« Josie deutete auf Dietrich, ohne ihn anzusehen. »Ich sollte eine Spielerin foulen. Elli Cleven. Ich habe es gemacht und dafür Geld bekommen.«
»Das ist nicht wahr!« Dietrichs Augen verengten sich zu kleinen Schlitzen.
»Willst du etwa meinen Erfolg manipulieren? Seit wann machst du das?« Nele versuchte aufzustehen, aber ihre Beine klappten weg. Der Sanitäter stützte sie. Er winkte zwei Kollegen heran, die mit einer Trage auf die Wiese kamen.
»Du bist doch gut. Ich hab dir immer nur geholfen.« Dietrich versuchte zu lächeln.
»Weil du gesagt hast, ich kann spielen, deshalb habe ich es gemacht. Für dich.« Nele hatte Tränen in den Augen.
»Sie haben ein Mädchen bestochen und auch noch Ihre Tochter wissentlich in Gefahr gebracht?« Peters sah den Vater direkt an.
»Es geht noch weiter«, sagte Franzi. »Herr Bachmann hat Wettschulden.«
»Was sagst du da?« Bachmann war fassungslos.

»Und Herr Dietrich wollte sie begleichen, aber er hat Bachmann erpresst: Er sollte dafür sorgen, dass Nele in die Auswahl kommt, nur dann wollte er Bachmann das Geld geben«, ergänzte Kim.
Peters ging auf Dietrich zu, dessen Blick leer wirkte. »So, Sie begleiten mich jetzt zur Wache. Und Sie kommen ebenfalls mit, Herr Bachmann.«
Franzi dachte an Elli. Ihre Sorge um sie wurde von Minute zu Minute größer. »Aber vorher muss Herr Dietrich uns noch sagen, wo Elli und Katja sind.«
»Katja Lange kennen Sie ja und Elli ist die Spielerin, die gefoult wurde«, erklärte Marie dem Kommissar. »Sie sollten eigentlich beide hier sein, aber sie sind nicht gekommen.«
»Wenn Sie etwas wissen, sagen Sie es uns bitte jetzt sofort.« Peters sah den Mann durchdringend an.
»Ich hab keine Ahnung.« Dietrichs Stimme klang kraftlos.
Bachmann schüttelte den Kopf. »Der Mann, bei dem ich die Schulden habe, ist nicht berechenbar. Nicht, dass Elli und Katja etwas passiert ist?!«
Marie nickte. »Das kann ich bestätigen. Er heißt René Don und betreibt eine Sportwettenbar. Wir haben zufällig gestern gehört, wie Don gesagt hat, es sollte Herrn Bachmann an den Kragen gehen, wenn er heute nicht zahlt.«
Nele begann zu schluchzen. »Wenn Elli irgendwas passiert, dann …«
»Haben Sie gezahlt?«, fragte der Kommissar Bachmann, der mit dem Kopf schüttelte.

»Dann ist schnelles Handeln gefragt.« Kommissar Peters winkte seinen Kollegen, der etwas abseits stand, zu sich heran. »Fordern Sie einen Streifenwagen an und bringen Sie die beiden Männer aufs Revier. Ich fahre zum Wettbüro.«
»Grüne Gasse 9«, sagte Marie.
»Danke, gute Arbeit, ihr drei. Aber den Rest überlasst ihr jetzt bitte uns.« Peters nickte den drei Detektivinnen zu und lief dann zu seinem Einsatzwagen. Er sprang in das Auto und verließ den Parkplatz des Fußballvereins mit Blaulicht.
Die drei !!! sahen sich an. Natürlich würden sie das nicht allein der Polizei überlassen. Sie mussten jetzt Elli und Katja finden.
Franzi wandte sich an Josie. »Deine Täterbeschreibung war falsch. Du hast René Don, den Mann im Jogginganzug, beschrieben. Warum?«
»Ich hatte solche Angst vor ihm«, flüsterte Josie und blickte unsicher zu Neles Vater. »Und der Typ im Jogginganzug war mir beim letzten Spiel aufgefallen. Als ich den Erpresser dann beschreiben sollte, habe ich einfach ihn beschrieben.«
»Das war zwar blöd, aber es hat uns trotzdem auf eine neue Spur gebracht«, erklärte Marie.
Franzi half Nele, sich auf die Liege zu setzen. »Es tut mir so leid, dass ich so fies zu dir war, Franzi.« Ihre Augen füllten sich mit Tränen. »Mit Elli habe ich mich heute auch gestritten. Sie wollte mit mir über eure Vermutungen über meinen Vater sprechen und ich wollte es nicht wahrhaben. Hoffentlich ist ihr nichts Schlimmes zugestoßen. Nicht, dass dieser Don ihr etwas angetan hat.«

Franzi reichte Nele ein Taschentuch. »Wann und wo habt ihr gestritten?«
»Heute Morgen, bevor wir in die Schule gefahren sind. In unserem Stammcafé. Katja kam dazu und hat Elli getröstet. Ich war sauer und bin gegangen.«
»Katja?« Franzi riss die Augen auf.

Verlängerung

»Mach dir nicht zu viele Gedanken.« Franzi lächelte Nele an, dann machte der Fahrer des Krankenwagens, in dem Nele saß, die Tür zu. Er stieg ein und startete das Auto.

Kim hatte ihr Telefon in der Hand. »Weiterhin niemand erreichbar. Weder Katja noch Elli.«

»Los, wir fahren jetzt zu Katja.« Franzi zog Kim und Marie hinter sich her. »Das hätte mir auch eher auffallen können.«

»Was denn?« Kim steckte ihr Handy ein und nahm sich ihren Fahrradhelm.

»Katja will Elli beschützen. Sie hat ja mitbekommen, was Dietrich und Bachmann für krumme Dinger drehen.« Franzi band sich ihren Schuh zu und setzte sich auf ihr Fahrrad.

»Stimmt. Und keinem was gesagt.« Kim stieg auf ihr Rad und fuhr los.

»Und sie weiß, dass Elli besser ist als Nele.« Marie überholte Kim und Franzi.

»Vielleicht hatte sie also Angst, dass Elli etwas passieren könnte, wenn sie heute antritt? Hier müssen wir abbiegen.« Franzi hielt ihren linken Arm raus und bog hinter ihren beiden Freundinnen in eine Seitenstraße ab. »Ein bisschen seltsam ist es schon. Aber ich vermute, dass Katja Ellis Schuhe absichtlich in ihrem Spind versteckt hat, um sie zu schützen.«

»Vielleicht hatte sie mitbekommen, dass Dietrich die Mädchen aus der anderen Mannschaft bestochen hat«, überlegte Kim. »Und dass Elli in Gefahr sein könnte.«

»Und warum hat sie dann nichts gesagt?« Marie drosselte ihr Tempo.

»Keine Ahnung, vielleicht hat Dietrich sie eingeschüchtert?« Franzi fuhr ebenfalls langsamer.

»Hier wohnt sie.« Marie zeigte auf ein kleines zweistöckiges Reihenhaus mit einem Vorgarten, in dem viele bunte Blumen blühten.

Die drei Detektivinnen gingen die fünf Stufen zur Haustür hinauf. Kim drückte auf die Klingel, aber es tat sich nichts. Marie drückte noch mal. Plötzlich war Gebell zu hören.

»Wir sollten reingehen.« Marie zog ihr Dietrichset aus der Tasche.

»Solange wir keine handfesten Beweise haben, ist das Hausfriedensbruch.« Kim spielte nervös mit einem Hundeknochen aus Plastik, den sie vom Boden aufgehoben hatte.

»Hast du eine bessere Idee?«, fragte Franzi.

»Seid mal kurz leise.« Marie legte ihren Zeigefinger auf die Lippen. »Da ruft jemand.«

Franzi, Kim und Marie lauschten. Ein lautes Geräusch war zu hören.

Franzi riss die Augen auf. »Das hat ja laut gescheppert.«
»Da ist irgendwas umgefallen«, vermutete Kim.
»Wir gehen rein. Hausfriedensbruch hin oder her. Hier stimmt was nicht.« Marie zog einen passenden Dietrich aus dem Set und machte sich an die Arbeit.
»Na gut, du hast vermutlich recht.« Kim drückte den Plastikknochen in ihren Händen zusammen.
Nach kürzester Zeit hatte Marie die Tür geöffnet. Sie betrat als Erste das Haus, Franzi und Kim folgten ihr.
Rocky wedelte heftig mit dem Schwanz. Während Franzi ihn streichelte, verschaffte sie sich einen Überblick. Vom Flur gingen drei Zimmer ab und eine Treppe führte in den ersten Stock.
»Rocky, sind Katja und Elli hier?« Franzi flüsterte. Rocky bellte und lief zur Treppe.
Die drei Mädchen rasten nach oben. Auch hier gab es drei Türen, die alle geschlossen waren. Franzi öffnete die Tür zum Badezimmer, Marie die zum Schlafzimmer. Die dritte Tür war verschlossen.
»Wartet.« Marie wühlte angespannt in ihrem Dietrichset herum, fischte einen Schlüssel heraus und schloss die Tür auf.
Franzis Herz klopfte, als sie die Klinke drückte. Auf dem Boden, neben einem umgekippten Regal und vielen Büchern, lag Elli.
Franzi stürzte zu ihr. »Sie ist bewusstlos!«
»Oh nein. Ich hol einen kalten Lappen.« Marie verschwand Richtung Bad.

»Ich rufe einen Krankenwagen.« Kim holte ihr Handy aus der Tasche, wählte die Nummer der Feuerwehr und ging auf den Flur.
Franzi kniete sich neben Elli. »Hallo, Elli, ich bin es, Franzi. Kannst du mich hören?« Rocky kam dazu und leckte Elli über die Wange. Sie machte die Augen auf und wollte sich aufsetzen, aber das ging nicht. Erst jetzt sah Franzi, dass Ellis Hand mit einer Hundeleine an einem Fuß des umgestürzten Regals festgeknotet war. Marie kam mit dem Lappen dazu. Franzi nahm ihn und legte ihn Elli auf die Stirn. »Wie geht's dir, Elli?«
»Mein Kopf tut weh. Ich glaub, ich hab eine Beule.« Elli befühlte ihren Kopf.
»Weißt du, was passiert ist?«, fragte Marie.
»Katja hat mich eingeladen. Sie wollte mich trösten und hat behauptet, dass sie mich beschützen will und dass ich auf keinen Fall auf den Platz darf. Ich hab ihr gesagt, dass ihr mich auch schon vor Dietrich gewarnt habt und dass ich vorsichtig bin. Sie hat mir Rockys Leine gegeben und mich gefragt, ob ich mit ihm Gassi gehen kann. Als ich dann meinte, dass ich keine Zeit habe, hat sie mich kurz abgelenkt und dann dabei einen Knoten um mein Handgelenk gemacht. Ich war so perplex, dass ich einen kurzen Moment nicht reagiert hab. Und plötzlich war ich am Regal festgebunden. Dann hat Katja sich mehrfach entschuldigt und ist abgehauen. Als ich versucht habe, den Knoten aufzubekommen, ist das Regal umgekippt.« Elli deutete auf die Hundeleine.

Kim steckte ihr Handy weg. »Krankenwagen kommt.«
»Mist, ist das ein Seemannsknoten oder was?!« Marie nahm eine ihrer Haarspangen und steckte sie in den Knoten, um ihn zu lockern.
»Ich suche mal nach einer Schere«, meinte Kim und sah sich im Zimmer um.
»Ich hab es gleich!« Mit Fingerspitzengefühl gelang es Marie, den Knoten zu öffnen.
Elli setzte sich auf und rieb sich das befreite Handgelenk, das an einigen Stellen ganz schön rot war. »Danke. Ihr rettet mich andauernd. Wie kommt das?«
»Wir sind Detektivinnen. *Die drei !!!*. Nachdem wir den Diebstahl im Trainerbüro aufgedeckt hatten, ist uns aufgefallen, dass Jan Bachmann was zu verbergen hat.« Marie reichte Elli einen Becher mit Wasser, den sie aus dem Bad mitgebracht hatte.
»Zum Glück ist dir nicht mehr passiert.« Franzi blickte auf das große umgestürzte Regal. »Hast du eine Ahnung, wo Katja sein könnte?«
Elli schüttelte den Kopf und schloss dann die Augen. »Puh, mir ist ein bisschen schwindelig.«
»Kein Wunder. Du warst ja auch ohnmächtig.« Kim sah aus dem Fenster. »Da kommt der Krankenwagen. Ich mache mal die Tür auf und informiere Peters, dass wir Elli gefunden haben.« Sie zog ihr Handy aus der Tasche und verschwand aus dem Zimmer.
»Nele war vorhin auch ohnmächtig«, berichtete Franzi. Elli blickte Franzi erschrocken an. »Was? Wo ist sie jetzt?«

»Im Krankenhaus. Aber es geht ihr so weit gut. Ihr Vater hat sie trotz eines Infekts spielen lassen, da ist sie umgekippt.«

»Ich muss sofort ins Krankenhaus«, sagte Elli besorgt.

»Das trifft sich gut. Da bringen wir dich jetzt hin«, sagte einer der beiden Sanitäter, die zusammen mit Kim das Zimmer betraten. »Aber vorher untersuchen wir dich hier.«

»Okay, aber bitte so schnell wie möglich.« Elli lächelte den Sanitäter an.

Kim brachte Franzi und Marie auf den neuesten Stand. »Peters hat Don mit auf die Wache genommen. Es sieht so aus, als würde er krumme Geschäfte machen. Und Dietrich und Bachmann haben wohl alles zugegeben. Und dann musste der Kommissar unser Gespräch beenden, weil Katja vor ihm stand und ihm gerade erzählen wollte, dass sie Elli zu ihrem eigenen Schutz hier eingesperrt hat.«

»Zu ihrem eigenen Schutz! Sie wäre fast von Katjas Regal erschlagen worden!«, ereiferte sich Marie.

»Aber sie wurde ja zum Glück nicht erschlagen.« Franzi lächelte. »Wisst ihr was?«

Kim und Marie schüttelten den Kopf.

»Jetzt sind wir ganz kurz davor, endlich in unsere Sommerferien abzutauchen.«

»Dafür hat Peters nun ordentlich was zu tun.« Kim zwinkerte Marie und Franzi zu.

»Richtig so!« Franzi grinste, aber dann fiel ihr auf, dass Elli unglücklich aussah. »Geht's dir nicht gut?«

»Ich hab ein bisschen Angst vor dem Krankenhaus. Ich war

nicht mehr da, seit meine Mutter letztes Jahr gestorben ist.«
»Sollen wir deinem Vater Bescheid sagen?«
»Den bekommen da auch keine zehn Pferde mehr hin.« Ellis Augen füllten sich mit Tränen.
»Dann kommen wir mit«, entschied Franzi.
»Dürfen wir im Krankenwagen mitfahren?« Marie lächelte die beiden Sanitäter charmant an.
Einer der Sanitäter nickte. Elli strahlte.

Zwanzig Minuten später stiegen die drei !!! aus dem Krankenwagen aus. Gemeinsam mit dem Sanitäter begleiteten sie Elli in die Notaufnahme.
Franzi blickte sich suchend um. »Ganz schön voll hier. Dahinten, ist das Nele?«
»Ja! Nele!«, rief Elli. Sie lief zu einem fahrbaren Bett, in dem ihre Freundin lag.
»Elli, was hast du?« Neles Stimme klang schwach.
»Nichts Schlimmes. Was ist mit dir?« Elli sah ihre Freundin besorgt an.
»Auch nichts Schlimmes. Ein bisschen Fieber.«
»Danke, ihr drei!« Neles Augen füllten sich wieder mit Tränen. Sie wandte sich an Elli. »Mein Vater hat mich mit seinem kranken Ehrgeiz so verrückt gemacht, dass ich schon fast eifersüchtig auf dich war.«
»Und ich auf dich!«, gab Elli zu.
»Er hat in deine Getränke ein Medikament reingemischt, Elli, ein Antiallergikum, das müde macht«, erklärte Franzi.

»Deshalb war ich die ganze Zeit so müde? In der Schule bin ich immerzu eingeschlafen.«

»Das tut mir so leid.« Nele schluchzte.

Elli strich ihr über den Arm. »Das ist alles nicht schlimm. Jetzt wird es besser.«

»Der Scout hat gesagt, dass er nach den Sommerferien wiederkommt«, berichtete Marie.

»Das ist unsere Chance, Nele.« Elli bemühte sich, fröhlich zu klingen.

»Ich höre auf.« Nele wischte sich mit dem Handrücken die Tränen weg. »Das macht mir einfach keinen Spaß mehr.«

»Verstehe ich. Entweder man brennt dafür oder eben nicht. Ich mache auch ganz viel Sport, aber alles nur, weil es mir Spaß macht«, berichtete Franzi.

»Übrigens: Katja wusste, worin Bachmann und Neles Vater verwickelt waren. Deshalb hat sie bestimmt auch deine Schuhe versteckt. Ich nehme an, sie wusste, dass Dietrich Josie bestochen hat, und wollte dich vor dem Foul beschützen«, berichtete Franzi.

»Ich kann Katja gar nicht so richtig böse sein, aber natürlich ist ihr Beschützerinstinkt etwas sehr übertrieben.« Elli fühlte über ihre Beule am Kopf. »Damit hat sie mich ja auch noch in Gefahr gebracht.«

»Zum Glück hast du nur eine Beule. Dann kannst du nach den Sommerferien vom Scout entdeckt werden.« Nele hustete.

»Und du willst das nicht?« Elli sah Nele an.

»Vielleicht sollte ich doch mal überlegen, ob ich Torfrau

werden will. Das wollte ich eigentlich schon immer, aber mein Vater hat es mir ausgeredet.«
Eine Schwester kam vorbei. »Was macht das Fieber?«
»Ich glaube, es sinkt«, antwortete Nele erleichtert.
»Dann haben wir alle Brandherde gelöscht!«, stellte Marie erleichtert fest.
»Können wir euch allein lassen?« Franzi lächelte die Freundinnen an.
Ellis Sommersprossen sahen plötzlich so aus, als würden sie ihr auf der Nase herumtanzen. Sie strahlte die drei !!! an. »Ja, danke, ihr drei.«
»Danke für alles!« Nele setzte sich umständlich auf und umarmte zuerst Franzi, dann die anderen beiden Ausrufezeichen.
»Ich nehme an, du kommst nicht in den Verein, Franzi?«, fragte Elli.
»Nein, aber ich komme gerne zu eurem nächsten Spiel. Und wenn ihr beide wieder auf dem Damm seid, sehen wir uns bestimmt im Waldschwimmbad, oder?«
Nele und Elli nickten.
»Gute Besserung für euch zwei und passt auf euch auf!« Franzi nickte Kim und Marie zu. Die drei machten sich auf den Weg zum Ausgang. Bei der automatischen Tür angelangt, drehte Franzi sich noch einmal um. Sie beobachtete, wie Nele nach Ellis Hand griff.
Franzi guckte nach vorne und griff ebenfalls die Hände ihrer beiden Freundinnen. »Zum Glück gibt es bei uns keine Konkurrenz«, sagte sie, als sie durch die Tür gingen.

»Ich bin schon manchmal eifersüchtig«, warf Kim ein.
»Wie?« Marie verstand nicht, was Kim meinte.
»Aber nur, wenn ihr mehr weiße Schokoraspeln auf eurem *LICK* habt als ich.«
Franzi und Marie lachten erleichtert.
»Ich lade euch jetzt auf einen *LICK* ein. Und du bekommst eine Extraportion weiße Schokoraspeln, Kim. Aber zuerst müssen wir noch unsere Räder bei Katja abholen.« Franzi ging zur Bushaltestelle vor dem Krankenhaus. »Und dann fahren wir wochenlang damit nur zum Waldschwimmbad und zurück.«

Finale

Detektivtagebuch von Kim Jülich
Samstag, 20:23 Uhr

Jippie! Wir haben den Fall gelöst! Wahnsinn, was der Profifußball alles mit den Menschen machen kann. Ich dachte immer, es geht um Sport und den Spaß daran, na ja, und ein bisschen auch ums Geld. Aber dass es so viel Missgunst, Neid und übertriebenen Ehrgeiz gibt, dass Jugendliche zu Dieben werden und Eltern die Gesundheit und die Freundschaften ihrer Kinder aufs Spiel setzen, das war mir einfach nicht bewusst. Nele hat uns heute eine Nachricht geschrieben. Angeblich tut ihrem Vater alles leid, aber sie zieht trotzdem erst mal zu ihrer Mutter. Dietrich weiß, dass er den gleichen Fehler gemacht hat wie sein Vater damals. Mit allen Mitteln wollte er seine Tochter dazu drängen, seinen Lebenstraum zu verwirklichen, obwohl sie das gar nicht wollte. Die Liste seiner Straftaten ist lang:

- Er hat Trainer Jan Bachmann bestochen und erpresst, genau wie Josie, und ist damit verantwortlich für Ellis Fußverletzung.
- Er hat Elli absichtlich müde machende Medikamente in ihr Getränk gemischt, damit sie keine Konkurrenz für seine Tochter ist.
- Als der Scout da war, hat er Nele spielen lassen, obwohl sie sich nicht gut fühlte.

Und das alles nur aus Ehrgeiz. Toll, dass Nele und Elli sich ihre Freundschaft dadurch nicht kaputt machen lassen. Im Gegenteil, die Vorfälle haben sie noch enger zusammengeschweißt.
Franzi, Marie und mich kann auch niemand auseinanderbringen! Ich weiß, dass die beiden immer für mich da sind.
Das ist jetzt die passende Überleitung zu Trainerin Katja Lange, die ihre Fürsorge leider zu ernst genommen hat. Sie hat uns gestern auf ein Eis eingeladen, weil sie sich bei uns bedanken wollte. Angeblich wusste sie schon länger von dem fiesen Spiel, das Dietrich getrieben hat. Als sie Dietrich damit konfrontiert hat, hat der ihr gedroht, dass sie für immer und ewig ihre Trainerlizenz verlieren würde, sollte etwas davon ans Licht kommen. Weil Katja sich so große Sorgen um Elli gemacht hat, hat sie sie zu ihrem eigenen Schutz überlistet, mit der Hundeleine ans Bücherregal gefesselt und dann sogar noch eingesperrt, als Elli trotz Katjas Bedenken auf den Platz wollte. Katja hat uns gesagt, dass sie bei Elli einen besonders großen Drang hatte, sie zu beschützen – gerade auch, weil sie mitbekommen hat, wie es für Elli war, als ihre Mutter letztes Jahr gestorben ist. Dass dann das Regal auf Ellis Kopf stürzen würde, hatte sie natürlich nicht geahnt. Katja hat uns noch erzählt, dass sie sich helfen lassen will, denn ihr sehr ausgeprägter Beschützerinstinkt hat ihr schon öfter mal Probleme eingebracht. Zum Glück will Elli sie nicht anzeigen. Und wer weiß, was passiert wäre, wenn Elli wirklich angetreten wäre, als der Talentscout da war. Niemand weiß, ob Dietrich noch etwas geplant hatte ...
Beim FC Südwest wird jetzt ein neuer Trainer gesucht und Katja hat uns erzählt, dass sie wahrscheinlich ihren Job als Co-Trainerin behalten darf. Das würde ich ihr sehr wünschen.
Elli will mit Nele besprechen, ob sie Dietrich anzeigen wird. Sie ist noch im Zwiespalt, denn sie ist Neles Vater sehr dankbar, dass er sich so gut um sie gekümmert hat, als ihre Mutter verstarb.

Laut Kommissar Peters droht Dietrich wegen Bestechung und Erpressung in mehreren Fällen nicht nur eine saftige Geldstrafe, sondern auch der Entzug seiner Zulassung als Arzt wegen Arzneimittelmissbrauchs.
Peters ist Franzi, Marie und mir auch sehr dankbar dafür, dass wir ihn auf die Spur von René Don (der in Wirklichkeit René Müller heißt) gebracht haben: In seinem Wettbüro wird die Hälfte der Wetten illegal abgeschlossen.
Was Bachmann angeht: Er wird sich vor Gericht wegen Bestechlichkeit verantworten müssen. Außerdem hat er illegale Sportwetten abgeschlossen. Es kann sein, dass er spielsüchtig ist. Von den privaten Schulden mal abgesehen, einen bestechlichen Trainer wird kein Verein dulden. Aber er hat sich leider selbst ins Aus manövriert.
Und ich manövriere mich jetzt aus dem Detektivmodus raus.

Geheimes Tagebuch von Kim Jülich
Sonntag, 00:15 Uhr

Dieses ultrageheime Tagebuch von Kim Jülich ist geheimer als geheim. Wer trotzdem weiterliest, wird ins Sommercamp der Ballettschule geschickt.
Ha! Ich bin so froh, dass wir den Fall gelöst haben.
Ich war noch so in Schwung, dass ich meinen Teil der geplanten Reportage heute Abend in einem Rutsch geschrieben habe. Und zwar über Mädchenfußball. Als ich den Text David gemailt habe, kam eine Stunde später schon sein Teil über Jungenfußball. Gestern haben David und ich uns mit dem Talentscout Tom Wagner getroffen und ihn interviewt. Wie toll, dass er sich Zeit für uns genommen hat. Im Vorfeld haben wir uns schon darüber gestritten, ob es sinnvoll ist, Mädchen und Jungen getrennt voneinander zu trainieren. Ich finde es komisch, dass es extra Frauenmannschaften gibt. Warum können nicht alle zusammen spielen? David meinte, Mädchen könnten sich gegen die Jungs nicht so gut durchsetzen. Was für eine Frechheit. Ich hätte ihm am

liebsten direkt einen Medizinball an den Kopf gefeuert. Zum Glück hab ich es nicht gemacht, denn Tom Wagner hat dasselbe gesagt. Ich wollte es zuerst nicht einsehen, aber Wagner hat behauptet, dass Mädchen viel besser trainieren können, wenn Jungen nicht dabei sind. Für Jungen gibt es von klein auf viel mehr Angebote, Fußball zu spielen. Mädchen fangen oft später mit dem Fußball an, und zwar dann, wenn es sie wirklich interessiert. Oft trauen sie sich dann nicht so richtig loszulegen, vor allem wenn die lauten Jungs so tun, als würden sie schon alles können. Laut Wagner spielen Mädchen auch weniger brutal (na ja, im Normalfall. Das Foul von Josie – die sich übrigens wirklich die neuen Fußballschuhe von dem Bestechungsgeld gekauft hat – kann man da ja auch nicht mitzählen, daran ist eher Dietrich schuld). Ich sehe das alles ein, habe aber in meinem Teil der Reportage trotzdem meine ganz eigene Sicht kundgetan. Warum kann man den Jungen in gemischten Mannschaften nicht einfach mal beibringen, dass sie sich ein bisschen sozialer benehmen sollen? Und auch, dass sie Mädchen mal bitte schön zutrauen sollen, dass die auch sehr gut Fußball spielen können. Pepe und Milan konnten sich das aus Eifersucht auf die gute Behandlung der Mädchenmannschaft nicht eingestehen, obwohl sie es doch eigentlich wussten.

Wäre es nicht auch eine Aufgabe der Trainer (und Trainerinnen), den Jungs dabei zu helfen, das zu kapieren? Das wiederum fand David dann etwas arrogant, denn er meinte, ich würde den Jungs unterstellen, dass sie unreif sind. Recht hat er !!! Manche zumindest.

David ist in seinem Teil der Reportage darauf eingegangen und hat erklärt, dass es auch Aufgabe der Trainer und Trainerinnen ist, die Mädchen zu stärken, sodass sie sich mehr zutrauen. Wir haben uns also einander angenähert. Ich bin gespannt, was Sebastian dazu sagt, wenn er von seinem Weinseminar zurück ist.

Jetzt muss ich aber wirklich schlafen. Es ist schon so spät. Zum Glück sind Ferien und Ben und Lukas haben mir versprochen, mich auf keinen Fall mehr zu wecken. Beide sind mir dankbar, dass diese Profifußballsache nun vom Tisch ist. Ben, weil er endlich wieder Freizeit hat, und Lukas, weil er insgeheim immer noch eifersüchtig auf Ben war. Sie wollen aber trotzdem zweimal die Woche ganz normal im Verein trainieren. Mal sehen, wie lange ihre Dankbarkeit anhält.

Als die drei Detektivinnen am Sonntagvormittag im Waldschwimmbad ankamen, waren Holger, Blake und David bereits da. Sie spielten mal wieder gemeinsam mit Finn Fußball. Oma Agnes stand daneben und feuerte Finn an.
»Das ist ja irgendwie süß.« Marie lächelte gerührt.
»Was denn? Dass Holger mit Finn Fußball spielt?« Franzi beobachtete Blake, der in seinem Rollstuhl genauso schnell und wendig hinter dem Ball herfahren konnte, wie Holger und David laufen konnten. Normalerweise war er immer derjenige, der im Mittelpunkt stand. Jetzt war es mal anders gewesen, wobei Franzi auch froh war, dass ihre Tage im Vereinsfußball gezählt waren. Sie stand nämlich gar nicht so gern im Mittelpunkt.
»Nein, dass Oma Agnes Finn anfeuert. Ich finde, sie war gar nicht mehr so schlimm in den letzten Tagen. Sie hat sich sogar meinen Nagellack geliehen, obwohl da Aceton drin ist.«
»Wow. Jetzt könnt ihr Beautytipps austauschen.« Kim kicherte.
»Kann es sein, dass der Gedanke, dass Opa Herbert einen Kochkurs macht und weniger Süßigkeiten essen möchte, Oma Agnes wachgerüttelt hat?«, fragte Franzi.
Marie nickte. »Ja, irgendwie schon.«

Die drei beobachteten Oma Agnes, die immer noch fleißig anfeuerte: »Finni vor, noch ein Tor!«
»Finn, zeig es den großen Jungs!« Marie stellte ihre Badetasche ab. Franzi und Kim stimmten in die Anfeuerungsrufe mit ein. Jetzt erst bemerkten die Jungen die drei Mädchen.
»Los, Finn!«, rief Franzi und musste dann niesen. Aber es blieb nicht bei einem Mal, es wurde ein richtiger Niesanfall. Sie zog eine Packung Taschentücher aus ihrem Rucksack und putzte sich die Nase.
»Zeig es ihnen!«, rief Kim Finn zu, während sie ihren Rucksack abstellte.
David, der im Tor stand, hielt grinsend beide Daumen nach oben. Er guckte immer noch zu Kim und lachte, als Finn von der Seite schoss – und WUSCH! Der Ball traf David am Kopf. Alle mussten lachen. Franzi fiel auf, dass David rot wurde.
Finn lief sofort zu ihm. »Entschuldigung. Ich puste mal!« David lächelte Finn an und beugte sich so zu Maries kleinem Bruder runter, dass der über seine braunen Haare pusten konnte.
»Der Arme!«, flüsterte Kim ihren beiden Freundinnen zu.
»Ständig passieren ihm so lustige Dinge.«
»Ich erinnere mich an neulich, als auch dir ein Ball an den Kopf flog«, sagte Marie.
»Das war beim Wasserball. Da hatte ich keinen Boden unter den Füßen«, erklärte Kim empört.
»Ich glaube, hier verliert gerade noch jemand den Boden unter den Füßen.« Franzi zwinkerte Kim zu.

»Verstehe ich nicht.« Kim zog die Augenbrauen zusammen.
»Echt nicht?«, fragte Marie ungläubig.
»Zwei Menschen, denen Bälle an den Kopf fliegen, passen doch perfekt zusammen«, meinte Marie.
»Ich und David?« Kim sah ihre beiden Freundinnen entrüstet an. »Ich bin doch gar nicht in ihn verliebt!«, raunte sie den beiden dann zu.
»Du hast eben einen Ball vorm Kopf«, witzelte Marie.
»Wenn, dann ein Brett«, verbesserte Kim und rollte mit den Augen.
»Aber er in dich«, sagte Franzi mit Nachdruck.
»Glaub ich nicht.« Kim schüttelte den Kopf. Franzi musste schon wieder niesen.
»Hast du denn jetzt eine Allergie?«, lenkte Kim ab.
»Nächste Woche mache ich einen Allergietest«, berichtete Franzi. »Bis dahin hat mein Vater mir Nasenduschen verordnet.« Franzi putzte sich wieder die Nase.
Marie sah Franzi mitleidig an. »Komisch, dass du das so plötzlich bekommen hast. Und dann auch noch du, wo du auf einem Hof mit Tieren und Heu lebst.«
Franzi warf ihr Taschentuch in den Mülleimer. »Ja, mal sehen, was der Arzt sagt. Aber jetzt was ganz anderes: Woher kommt eigentlich das coole T-Shirt mit der Drei drauf, das du anhast, Marie?«
»Rate mal.« Marie grinste und zog zwei weitere T-Shirts aus ihrer Tasche. »Das sind unsere neuen Trikots. Hat Tessa gemacht.« Sie überreichte Kim ein T-Shirt und Franzi auch.

»Oh, ich hab die Eins!«, freute Franzi sich. Sie zog sich das T-Shirt über und knuffte ihre Freundinnen mit den Ellbogen an. »Kommt, Mädels, wir zeigen den Jungs jetzt mal, wie richtiger Fußball geht!« Franzi raste auf das Spielfeld.
»Ich dachte, du bist durch mit Fußball!«, rief Kim und zog sich ihr T-Shirt mit der Zwei darauf über.
»Doch nur mit Vereinsfußball«, erklärte Franzi.
»Jungs gegen Mädchen!«, rief David und stürmte mit dem Ball los.
»Nein. Mädchen gegen Jungs!« Kim lief ebenfalls los und nahm David den Ball ab. Dann passte sie ihn zu Franzi, die ihn erst ins Tor schießen wollte, es sich dann aber anders überlegte und den Ball zu Oma Agnes schoss, die immer noch am Rand stand. Die nahm den Ball an und schoss ihn – WUSCH! – an David vorbei ins Tor.
Zuerst waren alle sprachlos, dann wurde gejubelt.
Finn klatschte in die Hände. »Omi vor, noch ein Tor!« Oma Agnes reckte die Faust in den Himmel. »Seht ihr, Kinder, so uncool bin ich gar nicht.«
Marie musste lachen und nahm ihre Oma in den Arm.
»Deine Oma ist doch gar nicht in unserer Mannschaft, Finn. Sie spielt bei den Mädchen«, erklärte David.
»So ein Quatsch«, antwortete Finn.
»Siehst du, David, getrennter Fußball ist auch irgendwie nichts!«, sagte Kim triumphierend.
»Hat die Spionagebrille eigentlich was gebracht?«, wollte David wissen.

»Na ja, eher nicht. Aber vielleicht hilft sie dir, wenn du im Tor stehst und der Ball angeflogen kommt.« Kim zog die Spionagebrille aus ihrer Tasche und setzte sie David auf.
»Dann siehst du den Ball sogar, wenn er von hinten kommt. Das sollten wir mal Nele empfehlen. Dann wird sie sicher eine erfolgreiche Torfrau«, überlegte Franzi.
»Gut, dass ihr den Fall endlich gelöst habt«, stellte David fest.
Kim war überrascht. »Warum?«
»Ihr seid jetzt wieder mehr ihr selbst. Ich als Krimifan spüre doch die Anspannung der Detektivinnen sofort, auch wenn ihr nicht drüber reden könnt.«
»Aha.« Kim zog die Augenbrauen zusammen. »Wir sind immer wir selbst. Und du bist Krimifan, aber nicht so der Top-Fußballer, oder?«
»Vielleicht kann Oma Agnes mir ja Tipps geben?« David zwinkerte der alten Dame zu.
»Das schmeichelt mir, Florian.« Oma Agnes seufzte.
»David, Oma, David!«, korrigierte Marie Oma Agnes.
»Entschuldige, David. Ich bin ein bisschen durcheinander.« Sie sah ihre Enkelin traurig an. »Ich würde mich gern mit Herbert versöhnen, weiß aber irgendwie nicht, wie.«
»Den anderen so akzeptieren, wie er ist, Oma. Mit allen seinen Stärken und Schwächen.« Marie blickte Holger tief in die Augen, während sie mit ihrer Oma sprach. »Und ihm vertrauen.« Sie lächelte Holger an, der zurücklächelte. Dann küssten die beiden sich.

Franzi hoffte, dass die ganze Sache mit Selma nun Schnee von gestern war. Der Gedanke an Schnee brachte Franzi auf eine Idee. Sie zog Marie, die sich nur schwer von Holger lösen konnte, hinter sich her.
»Wir sind gleich wieder da!«, rief Franzi.

Als sie mit zwei Tabletts zurückkehrten, warteten alle gespannt.
»Wir helfen dir, Opa Herbert besser zu verstehen und ihn so zu nehmen, wie er ist. Du musst ein paar Aufgaben meistern«, sagte Marie.
»Das wäre toll.« Oma Agnes sah die Mädchen aufgeregt an. »Was muss ich machen?«
»Die erste Aufgabe ist es, ein Spaghettieis zu essen.« Marie stellte eines der Tabletts mit einem riesigen Spaghettieis vor ihrer Oma ab.
»Das ist nicht euer Ernst?!« Oma Agnes stöhnte verzweifelt auf.
»Ich helfe dir, Oma!« Finn kam angelaufen und die beiden setzten sich auf eine Bank. Finn nahm den Löffel, auf den er einen riesigen Eisberg häufte. Dann hielt er ihn seiner Oma hin. »Einer für Opa, einer für Mama, einer für ...«
Oma Agnes lächelte, ehe sie den Mund öffnete und sich von ihrem Enkel füttern ließ.
»Schmeckt ganz schön süß. Aber auch ganz schön gut.« Sie zwinkerte den drei !!! zu. »Da habt ihr aber einen besonders harten Fall geknackt, oder?«

»Wir sind sehr hartnäckig, Oma!«, erklärte Marie erleichtert. Dann zog sie ihr Handy aus ihrer Badetasche und machte ein Foto von ihrer Oma, die sich gerade einen Löffel Eis in den Mund schob. »Das schicke ich jetzt Opa Herbert!«, rief Marie ihrer Oma zu, die mit vollem Mund antwortete.
»Er soll auch mal eins von seinen vegetarischen Gerichten schicken!«
»Marie und ich schmeißen jetzt eine Runde Eis für alle!«, sagte Franzi. Sie stellte das andere Tablett ab und begann, die Eisbecher zu verteilen. Kim drückte sie das erste Eis in die Hand. Und wie aus dem Nichts waren plötzlich auch Ben und Lukas da. »Bekommen wir auch eins?«
»Ja, aber nur, weil ihr mich heute habt ausschlafen lassen.« Kim zwinkerte ihren Brüdern zu.
»Ist das normales Eis oder Kräuterquarkeis?« Ben grinste und Lukas kicherte los.
»Habt ihr etwa in meinem Tagebuch gelesen?« Kim sah ihre Brüder verärgert an, die sofort aufhörten zu lachen und weiter an ihrem Eis leckten.
»Coole T-Shirts übrigens!«, sagte Lukas.
»Ja, das wären doch super Trikots für die Mädchenmannschaft vom FC Südwest«, bestätigte Ben.
»Mal sehen, ob Tessa für so etwas Zeit hat.« Marie betrachtete die Drei auf ihrem T-Shirt.
Kim schob sich einen großen Löffel Eis in den Mund und flüsterte, damit Oma Agnes sie nicht hörte: »Stimmt, jetzt, wo vielleicht wieder Frieden in der Villa einkehrt, muss Tessa sich

gar nicht mehr im Keller verstecken und rund um die Uhr Tücher und Klamotten designen.«
Franzi und Blake teilten sich ein Eis. »Franzi, der Wahnsinn, was du in den letzten beiden Wochen alles geleistet hast. Du hast so viel Talent und dann habt ihr auch noch diesen Fall gelöst. Ich bin ganz schön stolz.« Blake streichelte Franzi am Hals. »Du hast ja eine Gänsehaut. Ist das Eis etwa zu kalt?«
Franzi schüttelte den Kopf und gab Blake einen Kuss. Sie hatte eine Gänsehaut vor lauter Glück. Sie war in ihrem geliebten Waldschwimmbad, mit Blake, mit den besten Freundinnen der Welt, und der Sommer fing gerade erst an.

Schon in ihrer Jugend hat sich herauskristallisiert, dass **Kirsten Vogel** kein Ballgefühl besitzt. Sie hat dann lieber Germanistik, Nordamerikastudien und Publizistik studiert und zwei Söhne bekommen, die gerne Fußball spielen. Es freut sie umso mehr, dass sie jetzt eine Geschichte über talentierte junge Fußballerinnen schreiben konnte.

Clevere Girls knacken jeden Fall!

- [x] Die Handy-Falle
- [x] Betrug beim Casting
- [x] Gefährlicher Chat
- [x] Gefahr im Fitness-Studio[e]
- [x] Tatort Paris[e]
- [x] Skandal auf Sendung[e]
- [x] Vorsicht Strandhaie![e]
- [x] Skaterfieber[e]
- [x] Im Bann des Tarots[e]
- [x] Tanz der Hexen[e]
- [x] Kuss-Alarm[e]
- [x] Popstar in Not[e]
- [x] Gefahr im Reitstall
- [x] Spuk am See[e]
- [x] Duell der Topmodels[e]
- [x] Total verknallt![e]
- [x] Gefährliche Fracht[e]
- [x] VIP-Alarm[e]
- [x] Teuflisches Handy
- [x] Beutejagd am Geistersee[e]
- [x] Skandal auf der Rennbahn[e]
- [x] Jagd im Untergrund[e]
- [x] Undercover im Netz[e]
- [x] Fußballstar in Gefahr[e]
- [x] Herzklopfen![e]
- [x] Tatort Filmset[e]
- [x] Vampire in der Nacht[e]
- [x] Achtung, Promihochzeit![e]
- [x] Panik im Freizeitpark[e]
- [x] Falsches Spiel im Internat[e]
- [x] Betrug in den Charts[e]
- [x] Party des Grauens[e]
- [x] Küsse im Schnee[e]
- [x] Brandgefährlich![e]
- [x] Diebe in der Lagune[e]
- [x] SOS per GPS[e]
- [x] Mission Pferdeshow[e]
- [x] Stylist in Gefahr
- [x] Verliebte Weihnachten
- [x] Achtung, Spionage![e]
- [x] Im Bann des Flamenco
- [x] Geheimnis der alten Villa
- [x] Nixensommer
- [x] Skandal im Café Lomo!
- [x] Tatort Geisterhaus
- [x] Filmstar in Gefahr
- [x] Unter Verdacht
- [x] Die Maske der Königin
- [x] Skandal auf dem Laufsteg
- [x] Freundinnen in Gefahr
- [x] Krimi-Dinner
- [x] Das rote Phantom
- [x] Hochzeitsfieber!
- [x] Klappe und Action!
- [x] Wildpferd in Gefahr
- [x] Geheimnis im Düstermoor
- [x] Tatort Kreuzfahrt
- [x] Gorilla in Not
- [x] Das geheime Parfüm
- [x] Liebes-Chaos!
- [x] Der Fall Dornröschen
- [x] Spuk am Himmel
- [x] Flammen in der Nacht
- [x] Der Graffiti-Code
- [x] Heuler in Not
- [x] Tanz der Herzen
- [x] Tatort Geisterbahn
- [ ] Gefahr im Netz
- [ ] Nacht der Wölfe
- [x] Gefährliches Spiel
- [ ] Gefahr in den Ruinen
- [x] Kuss der Meerjungfrau
- [x] Legende der Einhörner
- [x] Rätsel der Vergangenheit
- [x] Tatort Hollywood
- [x] #Falscher Ruhm
- [x] Achtung, Gaunerzeichen!
- [x] Das Bienengeheimnis
- [x] Vier Pfoten in Gefahr
- [x] Ein echt schöner Fall
- [ ] Geheimnis im Spukhotel
- [x] Das Konfetti-Komplott
- [x] Voller Einsatz für die Erde
- [x] Luftballon-Küsse

Alle Bücher auch als E-Book erhältlich
[e] nur als E-Book erhältlich

diedreiausrufezeichen.de